夜道を歩く時、彼女が隣にいる気がしてならない

和田正雪
Wada Shosetsu

角川書店

夜道を歩く時、彼女が隣にいる気がしてならない

目次

★装画　春

★装丁　高柳雅人

あれは〝そういうこと〟だったのか……と後になってわかることがある。

真相が明らかになって清々することもあれば、過去の自分をぶん殴りたくなるような後悔に苛《さいな》まれることもある。

最近、私の周りで起こる出来事はそんなことばかりだ。

何もかもが終わってから全部わかる。


『赤い女』の真相――。


思い返してみるとあれは全部彼女のことだった。

そう、きっかけは四月のこと――。

第一章

「あんたの将来の話の方がよっぽど怖いわ」

齢《よわい》五〇にならんとする母の言葉である。

まったくもってその通りだと思う。

大学四年生になる息子が怪談ライターなどと名乗り、就職活動もせずフラフラしているのだ。

そして、母にはまだ報告していないが既に留年が確定している。

自慢の息子がこのまま親戚中に恥を撒き散らした挙句、よそ様に迷惑をかけながら野たれ死ぬ未来よりも恐ろしいものなどないに違いない。

私は都内の大学に通う傍ら、操山《みさおやま》出版という小さな小さな出版社でアルバイトをしている。

どのくらい小さいかというと、雑居ビルの一室に収まる、オカルト雑誌とヤクザ情報誌という〝怖いもの〟繋がりの二つを主な収入源とする出版社なのだが、さらに社長が両雑誌の編集長も兼ねており、営業と経理を除いて後はすべて外注とバイトという超零細企業である。

そして、雑務の傍らでオカルト雑誌『怪奇世界』の実話怪談コーナーとオカルトスポットリポートを担当させられているのが私――米田学《よねだまなぶ》――である。

オカルト雑誌というと、適当に妄想を書き殴ればいいのだから楽だ、などと思われることも多いが、実際はそう簡単な話ではなく、きちんとした取材を行っている。

私が担当する実話怪談やオカルトスポットの記事は特にそうだ。

編集部のＨＰに設置しているメールフォームに怪奇体験をしたというメールが送られてきたら、きちんと本人に連絡をとり、電話や喫茶店で本人に詳しく話を聞くし、知人に何か得体のしれないものを感じる場所や噂がないか訊いて、その現場に実際に足を運ぶこともある。

しかし、バイトの収入はきわめて少なく――幽霊よりも人間の方が好きなのであればコンビニでレジを打っていた方が儲かる――関東近郊を離れれば、どれほどの量を書こうとも赤字になってしまうので、地方のオカルトスポット取材は難しい。

四月も終わりに近づいてきた頃。

この日、私は怪談投稿者の青年を待つため、自身が通う都内某大学の北門前にある卒業生が経営する喫茶店にいた。

今回、編集部にメールを投稿してきたのがたまたま同じ大学に通う後輩であったことから、この場所を選んだ。

私はさほど社交的な性質《たち》ではないし、いつも初対面の取材対象者と会う際は、何度も最初に口に出す言葉や話の持って行き方をシミュレーションするのだが、今回は初対面とはいえ先輩後輩の間柄となるので、さほど緊張はしていなかった。

約束の時間は三限が終わってからゆっくり歩いて来られる十四時四五分。授業が十四時半までなので、このような半端な時間になっている。

あと五分で約束の時間だ。

私は安物とはいえ一応ジャケットを羽織ってはいるが、中はTシャツで下はジーンズとラフな格好をしている。

そして、待ち合わせの目印としてテーブルの上に吉田《よしだ》悠軌《ゆうき》の『恐怖実話 怪の足跡』を置いていた。


十四時四五分ちょうどに店内に入ってきたのは、意外にも金髪の遊び人風の男だった。

私はメールの文面からもっと冴えない気の弱そうな男がくるものとばかり思っていたのでやや面食らった。

このようなタイプは私のような文化系丸出しの人間からすれば本来は天敵にあたるのだが、愛嬌《あいきょう》がある垂れ目が警戒心を薄れさせるのか、意外と第一印象に不快感はなかった。

「米田さんですか？」

「あ、はいそうです」

「メール差し上げた山城《やましろ》龍彦《たつひこ》です。本日はお時間いただきありがとうございます」

——こんなチャラい見た目で幽霊とか怖がるものか？　そして意外と礼儀正しいではないか。

彼は小さく会釈をすると私の正面に腰かける。

「米田さんって大学の先輩なんですよね？　教育学部でしたっけ？」

「そうですね。今、四年ですけど、留年確定してるんで五年生まではやる予定です。なので空いた時間はこうやってライター仕事とかやってるんですよ」

私は正直に今の状況を伝える。

「え？　まだ四月ですよね？」

今年度すべての単位を取得したところで、卒業できないのが現時点で確定しているのだから、留年もまた確定しているのは自明のことなのだが、二年生の彼にはわかるまい。

しかも、私の状況を聞いてこんなに驚愕《きょうがく》するということは、不真面目そうな風貌にもかかわらず、勤勉なのかもしれない。

「教育学部って大変なんですね。教職あるからですか？」

「いや、教員免許は取らない、というか取れないと思いますね。今の感じだと」

「そ、そうですか」

彼が気まずそうにするが、教育学部だからといって教員を目指さなければならないというルールはない。大学によっては、教員免許の取得が教育学部生の卒業必須条件ということもあるらしいが、うちの大学はそうではないのだから、私としてもやましいところはない。

彼にも気にしないでほしい。

「えーっと山城さんって学部は？」

「俺は文学部です」

「だったら、キャンパス離れてますね。ここまでちょっと距離あったでしょう？」

「全然大丈夫ですよ、あと別に敬語じゃなくていいっす。俺、大学の後輩にあたるわけですし」彼が言う。

「じゃあ、遠慮なく。今日はよろしく」私は言葉遣いを崩した。

「はい、よろしくお願いします」

彼は珈琲《コーヒー》を注文し、私も珈琲のおかわりを注文する。

なんと珈琲代は経費で落ちるのだ。遠慮なく頼んでもらって構わない。

すぐさま二つのカップがやってくる。私たちは珈琲を飲みながら、少し雑談を交わし、カップの中身が半分ほどになると、本題に移った。

「さて、じゃあ話聞かせてもらおうかな」


彼の話をかいつまむとこういうことだった――。

昨年、上京してきた彼は東京の地理に疎く、不動産屋の「絶対に大学から少し離れたところに住んだ方がいい。家賃は安いし、友達の溜まり場にされずに済む」という言葉にまんまと騙《だま》され、東京と言っていいのか一瞬悩むほどの西端に住むことになった。

しかし、住んでみれば家賃は安くとも何処《どこ》へ行くにも交通費がかかり、結果的に大学近くのアパートに暮らすのとほぼ変わらない出費となってしまった。

それだけではなく、午前中の講義に出席するためには通勤通学ラッシュでもみくちゃにされる。その苦痛は電車慣れしていない田舎出身の彼には耐えられるものではなかった。

契約は二年だったが、このままでは大学に行かなくなってしまうのは時間の問題だと、一念発起した彼は二年生に上がる前に大学近くのマンションへの引っ越しを決心したのだった。

そして、受験合格発表前かつ卒業生が出ていくために狙い目と言われる二月に物件を探し、三月に大学近くに引っ越してきたのだが、またも不動産屋に騙され……今度は幽霊マンションに住むことになってしまったのだという。

「そのマンションって何が変なの？」私は尋ねる。

「三階建てのマンションの最上階なんですけど……部屋が三角形なんです」

「は？」

「部屋が三角なんですよ」

「聞こえなかったわけじゃないよ」

「すみません。まぁ、それは納得して借りたんでいいんですけど」

「そこはいいのかよ」

「はい、だから安かったってのもありますし」

「はぁ……うん。内覧はしなかったの？」

「しました。したんで、部屋が三角ってこと以上に変なとこなんてないって思い込んじゃったんですよね。今、思えば変なとこあったんですが……」

「どこ？」

「窓が全部かなりきつい磨《す》りガラスだったんですよ。内覧に行ったのが夜だったから、外の景色が見えないことに気づかなかったんですよね」

　私はなにやら嫌な予感がし、自分の唾液が苦くなってきたのを誤魔化すために珈琲を口に含んだ。

「で、窓開けたら何が見えたの？」

「まぁ、ベタな話なんですけど、墓地です」

「墓地なんてこのへんあったかな」

「ふつうに大学に通ってるだけだと見つけられないと思います。なんか細い路地入ったところにぽつんとあるんですけど、大通りからだと見えないんですよ」

　どのあたりか具体的な場所を聞いたが、それでも私にはピンとこなかった。

　毎日のように近くを通っているはずの位置なのにだ。

「へぇ、でもそういうのって告知義務違反とかになるんじゃないの？」

「そうみたいなんですけど、もう荷物も運び入れちゃったし、クレーム入れるのも面倒だったんで泣き寝入りしちゃいました」

「だけど今になってやっぱり後悔してるわけか。で、幽霊が見えるっていうのはその墓地に？」

山城は何を見たのかを訥々《とつとつ》と語り始めた。

引っ越し当日、彼はマンション最上階の自室の窓を開けた瞬間に騙されたことを知った。

不動産屋は窓の外の景色のことは何も言わなかった。

今思えば、夜遅いとかご近所の迷惑にならないようにとか、なんとなく窓を開けにくくなるようなことを遠回しに言いながら、自分を窓に近づけようとしなかった。

なぜあの時、外の景色が見たいと言い出せなかったのか。自分の迂闊《うかつ》さを苦々しく思うが、時すでに遅し。

引っ越し業者によって荷物がどんどん運び込まれてくる。

彼はなるべく窓を開けずに生活するしかないと覚悟を決めたという。

もう一度引っ越すほどの貯金も気力もないのだから。

引っ越し当日の晩、窓のすぐ外に墓地があるというのはどうにも落ち着かず、さらに三角形という奇妙な形状は思った以上に家具の配置のすわりが悪い。

まだ中身を出してもいない段ボールを部屋の端に寄せ、部屋の中心に布団を敷いて寝ることにするも様々なことが気になって、彼はなかなか寝つくことができなかった。

引っ越しの疲れからか一旦は意識が飛んだのだが、誰かに見られているような視線が気になって目が覚めてしまう。

夢と現実を混同しているのだろうと思うも、視線を感じた先が気になってもう寝つくことができない。

そう、窓の向こうから感じる得体のしれない気配。

しかし、カーテンと磨りガラスで遮られている。仮にベランダに人が立っていたとして、室内を覗《のぞ》き込むことなどできはしない。

しかも彼の部屋は三階だ。

だが、その時は深夜二時。そこから夜明けまで待ち続けるのは避けたかった。翌日はアルバイトの早番だったということもある。

彼は勇気を振り絞ると、部屋の電灯も点《つ》けず、窓を少し開き、外の墓地を見下ろす。

――ひっ。

思わず彼は心の中で悲鳴を上げたらしい。

というのも、下の階の電灯などでギリギリ視認できる程度に照らされた深夜の墓地の中心に赤い服の女が立っており、こちらを見上げていたというのだ。

心臓が止まるかと思ったら次の瞬間、今度は全身が心臓になったかのように激しい動悸《どうき》を感じ、咄嗟《とっさ》に窓を閉める。

あれは幽霊なのか、それとも頭のオカシイ女なのか。

どちらにせよ、不気味で仕方がない。

ホラー映画や怪談の類《たぐい》は苦手ではないと思っていたが、実際に奇妙なものを目にするとこんなにも恐ろしいものかと布団に両手をついて、呼吸を整えようとする。

　すると三角形の部屋の端、テレビを置いているあたりでぬいぐるみのような何かが転がったことに気づく。

　ぬいぐるみなんて持っていない。

　では、あれは何だろうか。引っ越しの荷物の中に近しいものがあったかどうか考えながら、目が慣れるのを待つ。

　その輪郭をはっきり捉えた彼はあまりの恐怖に寝間着として着ていたジャージのまま外に飛び出した。


「それはなんだったの？」私は思わず尋ねる。

「赤ん坊でした」

「赤ん坊？」

「そうです。こっちを見て笑ってました。俺の方に向かって暗闇の中、這《は》ってきて……」

「なるほどね。で、家を飛び出してどうしたの？」

「日が昇るまでコンビニで時間潰しました。で、朝の五時くらいに家帰って、シャワー浴びて、友達の家行って寝かせてもらいました」

「それは大変だったね」

「あの日からずっと明け方に寝て、昼過ぎに起きるって生活リズムになっちゃってます。バイトも深夜バイトに変えて、夜に家にいなきゃいけない日は電気点けてずっと起きてます」

彼は出会ったときの元気をすっかり失ってしまい、憔悴《しょうすい》した面持ちで言った。

「このこと誰かに相談は？」

「してないです。オバケが怖いなんて知り合いにはなかなか話しづらくて」

「それはそうだね。うん、今日はなかなかいい話聞かせてもらったよ。いい記事が書けそうだ。ありがとうね。はい、これ粗品」

私は彼に五〇〇〇円分の金券を手渡した。


「あのー」

「ん？」

私が伝票を持って席を立とうとすると、何か言いたげに話しかけてくる。

「ここの代金は気にしなくて大丈夫。経費で落ちることになってる」

「いや、そうじゃなくて、これで終わりですか？」

「これで終わり、とは？」

私は彼の言いたいことはわかっていたが、あえて気づかないフリをして恍《とぼ》けた。

「その……なんか、お祓《はら》いしてくれたりとか」

「僕、霊媒師でも霊能者でもないからなぁ。出版社でバイトしてるライターだし」

「そうですよね……じゃあ、他にも似たような体験した人がどうやって解決したとか教えてくれたりは？」

「今回の怪談は初のケースであんまり似たようなのは聞いたことないなぁ。バックナンバーとか調べたら出てくるのかもしれないけど。じゃあ、そういうことで」

「いや……ちょっと待ってください」

「まだ何かある？」

「……あ、そうだ！」

彼はなにかを思いついたらしく、子犬のような表情をして、私の袖を摑んだ。

私は嫌な予感がしたが、彼の言葉を待ったのだった。


その日の二三時。私は山城の自宅マンションにいた。

より臨場感があってリアルな記事を書くためには現場に足を運ぶべきではないかという山城の意見に乗ったからだ。

実は後日、彼が幽霊を見たという墓地には足を運ぼうと思っていたし、家の中まで見られるのはありがたい。

それにやはり大学の後輩が困っているのを見捨てておけない、という気持ちもごくわずかながらあった。

私は最低五年は大学に通うことになっているだけあって、愛校心はそれなりに強いのだ。

「米田先輩は幽霊とか怖くないんですか？　いや、怖くないからオカルト雑誌の記事とか書いてるんですよね」

山城の部屋、その万年床に二人して座り、テレビを観ていると何の脈絡もなく尋ねられた。見た目はホスト風だが人懐こい田舎出身者の彼とはすっかり打ち解け、私は先輩風を吹かすようになっていた。

「どうだろう。最近はちょっと麻痺《まひ》しちゃってるかな。むしろ怖いと思いたいからやってるようなところはあるよ」

私も子供の頃は幽霊やら怪奇現象やらに恐怖を感じていたような気がするが、少しずつ鈍くなってしまっていた。

だが、まったく恐怖を感じないというわけでもない、はずだ。

「怖くなくなるコツとかあるんですかね？」

「信じないことじゃないかな、幽霊とか」

「先輩、信じてないんですか？」

「まぁ、それは難しいところだね」

山城は訝《いぶか》しげな顔で私の目を覗き込んだ。

「といいますと？」

「別に信じてないわけじゃない。ただ、所謂《いわゆる》……君が思ってるようなオバケはいないと思ってる。たとえば、ここで君が見たってやつについてだけどさ、この部屋とかこの土地で赤ん坊が何か不慮の事故で死んで、その母親の霊が迎えに来てるとか、そんなストーリーを頭の中で作っちゃってるのかもしれないけど、そんなわけはないとは思ってる。っていうのも、この日本の土地で人が死んだところにいちいち幽霊が出てきてたら、朝の満員電車みたいに幽霊の大混雑になってるって」

「言われてみれば……」

「それこそ日本に限らなくてもいいけどさ、戦争があった地域とか殺人事件の現場とかもかたっぱしから幽霊が出るのかって話だよ。あと、何か事件があったとして、幽霊になって出るのは住んでたところなのか、息を引き取った病院なのか、墓地なのかわからないけど、そのへん幽霊本人が選ぶのかとか考えたら、なんつーかな……『うらめしやー』みたいなのはないんじゃないかなって」

「なんか、そう言われるとそんな気がしてきました」

「ただ、怪奇現象自体はなんというか……本当にあるんじゃないかって気はしてる。まったく無関係の人が同じ場所で、同じ変なもの見たって話聞くこともあるし」

「やっぱり幽霊はいるんですね」

山城が蒼白《あおじろ》い顔で言う。

「いや、いるかどうかは知らないよ。僕は幽霊や怪奇現象を否定しないってだけで。科学的に証明できることもあるかもしれないし。だからさっきも言ったけど、ここに仮に外からこっちを見てる女と部屋の隅に赤ん坊がいたとして、それを関連付けたり、怖がったりするのは山城自身の問題なんじゃないのってことが言いたかった」

「要は気の持ち様ってことですね！」

上手く伝わっていないような気がしたが、私は曖昧に頷《うなず》いてテレビを眺めた。

深夜のバラエティ番組は夜を少しだけ明るくした。

日付が変わって既に火曜になっている。

「明日、授業はいいの？」

私は五か年計画を立てている身であり、今年は週に三日大学に通い、来年は二日通えば余裕をもって卒業できるように単位を配分している。

なぜ週に五日通って今年のうちに卒業してしまわないのか疑問に思われるだろう。

しかしそれは単純な話で、まだフランス語Ⅰの単位を取得できていないからというだけのことである。第二外国語は基礎編であるⅠと応用編であるⅡが必修なのだが、ⅡはⅠの単位を取得していないと履修することができないのだ。

故に今年度規定の限界まで単位を取得したところで来年度まで卒業できないという羽目に陥ってしまったというわけだ。

「明日はバイトも休みで授業も午後からなんで大丈夫です」

「ふーん。語学はちゃんと三年までに単位取っといた方がいいよ」

「実体験ですか？」

「実体験。語学って出席重視なのに午前の講義が多いし、全出席でも最後のテストで六割取らなきゃいけないだろ？　大抵朝起きられなくて出席足りずにテストすら受けられないとか、なんとかギリ出席日数足りてもテストで落とすとかでなんだかんだ三回連続で落としてるんだよね。通年科目っていうのも性質《たち》が悪い」

「先輩って真面目そうな見た目なのに、けっこう駄目人間ですね」

「よく言われるよ」

　まったくもってその通りである。

　結局のところ、私は少し鈍い人間であり、本当に追い詰められないと焦ったり恐怖を覚えたりしないのだろう。

　だから周囲の人間が就職活動や資格試験の勉強に必死になっている今も〝怖い話〟を聞いて回って小銭を稼ぐようなことを続けているのだ。

　おそらく、このまま本当の意味でのプロ――ライターや編集職で生計を立てていく――ことはないだろうと漠然と考えてはいるが、ではどんな職に就きたいのかと言われても特にこれといった希望はなく、あまりまともな職に就けるような気もしない。

　そして、会話は途切れる。

「そろそろ……寝るか」

「先輩は起きてくださいよ」

同じ部屋に二人いる状態で山城が体験したこととまったく同じ現象は起きるのだろうか。

そもそも再現性のある事象なのだろうか。何も起きなかったとしても、私はここで一夜を明かすことで記事を書くことができるし、彼も恐怖を克服するきっかけができるだろう。

「やっぱり、電気は消すんですよね？」

「消すだろ、そりゃ。前に赤ん坊の幽霊と墓地の女見たときは消してたんだろ？」

「……はい」

「じゃあ、消すしかないな。まぁ、山城は寝てればいいから」

私は万年床から、座椅子に移動し、テレビを消音にする。

そして彼がトイレから戻り、布団に入ったところで部屋の明かりを落とした。

なるほど、テレビの明かりだけが照らす三角形の部屋というのは居心地の悪さを覚えるものだった。

私は座椅子に腰かけ、スマートフォンで記事の下書きをしていた。

一ページ丸ごとの文字組が確認できない携帯端末での執筆はあまり好まなかったが、せっかく怪談の現場にいるのだから、後日思い出しながらではなく生の状況や感情を認《したた》めようと思ったのだ。

彼自身が語った恐怖体験を綴《つづ》りながら、布団を見下ろす。

そろそろ深夜二時。彼が布団に入って一時間が経とうとしているが、まだ眠っていないようだ。

不自然な寝返りが目立つ。

「先輩……」山城が頭まですっぽりと布団をかぶったまま言った。「先輩……いる」

私は霊感などない。

そう思っていた。

しかし、この部屋のテレビがある角に視線を移すことがどうしてもできない。

嫌な感じがするのだ。

何かがジッとこちらを見つめているような気配。

私は視線をスマートフォンから離すことができない。

自分の服の下を鼠《ねずみ》が駆け回るようなこの不快感が〝怖い〟ということなのだろうか。

ホラー映画、小説、怪談、夜道。どれも恐れた記憶は遠い彼方だ。

だが、それはどれも自分が直接的に恐怖体験をしたわけではない。

そういえば実際に体験者がいる実話怪談に傾倒したのも、彼らと感覚を共有するためだった。

自分の鈍さが嫌だったのだ。私はそんなことをぼんやりと思い出していた。

「先輩、怖い、俺怖い」

山城は私が何も答えないことで、恐怖や不安が増していったのか、声が震えている。

「大丈夫だよ、何もいない」

「窓の外から俺たちのこと見てます」

——え？　そっち？

私はてっきり部屋の隅のことだと思っていたので、拍子抜けした。

「窓の外にいるのか？」

「います」

「本当かぁ？」

私はカーテンの隙間からそっと窓を開ける。

窓のサッシの摩擦音にすら怯《おび》え、山城がびくりと跳ねた。


——いる。


眼前に広がる真っ暗な墓地の中心に立って、こちらをじっと見上げている。

「ど、ど、どうです？」

「うーん……いるね。赤い服の女」

「ひぃ。嘘じゃないですよね？」

私もまたじっと彼女を見つめる。

「嘘じゃないけど……嘘くさくはある。ちょっと見てくるよ」

「え？　冗談ですよね？」

「いや、思うにあれは幽霊とかじゃない」

「じゃあ、なんなんですか？」

「頭がヤバい奴だろ」

というのも、墓地の真ん中にじっと立つ女は明らかに私の存在を認識したような反応を見せ、その後も腕組みをしてなにやら考え込むそぶりをしている。

本物の幽霊がこんな風に人間くさく凝視してきて、消えることもなくその場で考え込むなんてことはあるまい。

「僕はちょっと頭おかしい女とっつかまえてくるから、布団被ってろ」

「殺されるかもしれませんよ」

「小柄だし、なんとかなるだろ。刺されたりしたら助け呼ぶから、警察呼んでくれ。いや、刺されたら救急車か？　うーん、どっちもだな」

「わ、わかりました」

私はスマートフォンだけポケットに突っ込むと、部屋を飛び出し、マンションの裏手にある墓地に向かって駆けた。


墓地の入り口は施錠されていなかった。

すっかり落ち着いた私は、恐怖よりも変質者の女と対峙《たいじ》する緊張で軽く手が震えていた。

運動は得意ではない、どちらかというと虚弱体質だ。

山城の部屋から見た限りでは、女の体型は小柄だし、なんとかなると山城には言ったが、包丁などの凶器を本当に隠し持っていたら、無傷では済まないかもしれない。

私は墓地へそっと足を踏み入れる。

マンション横の細い通路を抜けると、視界が拓《ひら》けた。電灯はない。墓地を照らすのは、墓地を囲む建物の窓の明かりだけ。

恐怖心が麻痺しかけている私でも流石《さすが》に緊張した。

幽霊がいるかもしれない場所に行けと言われれば、なんの躊躇《ちゅうちょ》もなく行くことができる。だが、今回はそうではない。

いるのは恐らく深夜の墓地に今日をあわせて少なくとも二回以上訪れる理由がある女だ。

そんなものが碌《ろく》な人間であろうはずがない。

正気を失っているか、ストーカーか、自分のように怪異を金に換えるクズ。あるいはその全てを満たす者しかありえない。


而《しか》して赤い服の女は墓地のど真ん中に立っていた。

窓が開け放たれた山城の部屋をじっと見上げている。

周囲のマンションの数少ない光にうっすらと照らされた顔に化粧気はないが、美人に分類されるのは間違いない。整った顔をしているのがわかった。髪は暗い色のボブカットで、薄く茶色がかっているようにも見える。年齢はよくわからない。小柄で中学生か高校生くらいに見えるが、私と同い年くらいにも見えた。

赤いワンピースを除けば、幽霊には似つかわしくない風貌である。

彼女は私の存在に気づいたか気づかないか、顔を下ろす。

「すみません」

「あ、はい」

女はまるで話しかけられているのが、自分でいいのか確信が持てないようなそぶりで不安げに返事をした。

この墓地でこの女以外に話しかけられるような者はいない。

できれば確信を持って返事をしてほしかった。私の方はますます不安になった。

「こんな時間にここで何をしてらっしゃるんでしょう？」

「えーっと、ご迷惑でしたか？」

どうにも会話が噛《か》みあっているようないないような。

正直に言えば、この女は立っているだけで他人に迷惑をかけている。

「そうですね、大変申し上げにくいんですが……迷惑です。あなたが今見上げていた三階の部屋の住人が大学の後輩なんですが、あなたに怯えてまして。要するに深夜の墓地に幽霊が現れると思い込んでるんですよ」

「えっと、あの窓が開いてる部屋ですか？」

「はい、そうです。最上階の」

女は小考した後、素直に頭を下げた。

「それはどうもすみませんでした」

意外と物わかりが良くて、私は安心した。こんな深夜の墓地のど真ん中で言い争いにでもなったらどうしようかと心配していたのだ。だが、それは杞憂《きゆう》に終わるらしい。

「いえ、わかっていただければ結構です。今後は日中にしてください」

「うーん、やっぱりこの時間に来るのは駄目でしょうか？」

――おいおい、こいつ本気かよ。勘弁しろよ。

私は恐怖ではなく、話が通じないことからくるストレスで頭が痛くなってきた。

「駄目でしょう。通報されてもおかしくない状況ですよ」

「そうですよねぇ……困りましたね」

「あの、いったいどういった理由で深夜の二時にこんな所に？」

「うーん……言っても信じてもらえるかどうか」

「とりあえず話していただかないと判断できないので……いや、別に僕がもう二度と来るなとか言える立場ではないんですが」

すると、彼女は再び視線を山城の部屋に移し、人差し指で差した。

「あの部屋に何かあるんですか？」私は尋ねた。

「勘違いさせてしまったのは申し訳なかったです。ただ、私が見てたのは三階じゃなくて、その上なんです」

「あぁ、山城の部屋じゃなくて、四階の部屋を見てたんですね。って、それでも駄目でしょう。

あなたが住んでる部屋ならともかく」

　そこまで口にして私は何かがおかしいような気がしたがその違和感の正体がすぐに思い当たらない。

「誰か住んでるのかなと思って」女が言う。「見てたんですけど、深夜の二時にしか見えないんですよね、あの部屋」

　彼女が何を言っているのかよくわからないまま、四階を眺める。

　なんの変哲もないマンションだ。三角形の土地に無理やり建てていることを除けば。

　いやそれがおかしいのだった。

「え？」

　私は目を疑った。

　彼女が見ていたのは、四階だった。

　私が見ているのも四階。

　このマンションは三階建てだ。

「気になりませんか？」

　彼女に問われた私は曖昧に頷いた。

「あれ、なんなんですか？」

「それが知りたくて、ここに来たんですが……まぁ、でもあそこには行けそうにないので。実はマンションに忍び込んだり、こっそりよじ登って屋上で待ってみたりもしたんですが、そうすると辿《たど》りつけないんですよね」

「そ、そうですか」

「試せることはだいたい試しましたし、あそこに入るのは難しそうなのでもう諦めることにします」

　その時、私の行為は無意識だったように思う。ポケットのスマートフォンを取り出し、カメラを起動するが写真は暗すぎて上手く撮れなかった。ナイトモードでもきちんと写らない。仕方がないのでメモ機能を起動し、この状況を認める。

　その姿が彼女にはどうやら滑稽に映ったらしい。

「ふふ」

「なんですか？」

「メモ取ってるのがおかしくて」

　たしかに墓地でメモを取る人間というのはなかなかいないだろう。

　そして、こんなところに一人で来られる女性からしたらそれは同類だと判断するに足る行為であったようだ。

「どうしてメモなんて取るんですか？」

　私は手短に自分がこのすぐ近くにある私立大学に通う傍らオカルト雑誌のライターをしてい

ることを説明した。

そのつながりで山城と知り合い、仕事の取材を兼ねて、幽霊に怯える彼のために一肌脱ごうとしたのだと。

「それは素敵ですね」

深夜には眩《まぶ》し過ぎる笑顔で彼女はそう言った。


私は彼女と簡単な打ち合わせをした後、二人を連れて近くにある二四時間営業のファミレスを訪れた。

「佐倉乃亜《さくらのあ》と申します」

赤い服を纏《まと》った小柄な彼女はそう名乗った。

彼女は私たちの大学の先輩であり——学部は理工学部だったそうだ——今は大学院に通いながら、個人で量子脳理論の研究をしているという。

その研究の一環として、怪談の現場を訪れていると説明した。

ペンローズ・ハメロフ・アプローチがどうとか言っていたが、文系である私たちにはまるで呪文か何かのようで、二人して後から「何言ってんのかさっぱりわからなかった」と笑い合った。

「なーんだ、幽霊じゃなかったんですね」

「怖がらせてしまったようで申し訳ありません」

私と山城が並んで座り、彼女はテーブルを挟んで向かいに座っていたのだが、テーブルに額がつくほど深く頭を下げた。

「そんなそんな、頭上げてください。俺が臆病だったのが悪いんで。むしろ、こっちこそすみませんでした」

山城も外国産の鳥の巣のような頭をテーブルに擦りつけるようにする。

「ごめんなさい」「こちらこそ」の応酬が終わるのを、私は黙って待っていた。

乃亜は自身が量子脳理論の研究者であると同時にオカルトマニア——怪談の現場に足を運ぶほどの——であると我々に説明した。

「オカルトスポットを巡っていたんですが、まさか私自身が幽霊だと間違われるとは……お恥ずかしい限り。ミイラ取りがミイラみたいな話ですね」

私は何が恥ずかしいのか理解できなかったし、彼女の喩《たと》えも適切でないように思えたが水を差すのも気が引けたので、口には出さなかった。

「いえいえ、こちらこそよく見たら可愛らしい女性だったのに、ビビりなばっかりに米田先輩まで巻き込んで大騒ぎしてしまいまして」

「まぁ、そういうわけで山城の家は別にオカルトスポットでもなんでもなかったわけだ」

私がそう言うと、山城は逡巡《しゅんじゅん》した後、再び不安そうな顔になった。

「でも……」

「でも、なんだ？」

そうは言うものの、私は彼が言わんとすることがわかっていた。

「その……」

「お前の部屋に出たって赤ん坊のことだろ？」

「そう、です」

そこが解決されていない以上、山城も安心して寝られるというわけではないのだ。

ひょっとしたら、このままなんとなく流れでその件も解決したような雰囲気にもっていけるのではないかと思っていたが、世の中そこまで甘くはないらしい。

「実はそれはとっくに解決してる」

「え？」

「幽霊女の件が解決してから説明しようと思ってたんだ」

そして、私は山城が赤ん坊の幽霊を見たというのが勘違いであるということについての説明を始める。

「山城が赤ん坊を見たと思ったのは、テレビだ。お前が赤ん坊の幽霊を見た日のテレビ番組表を調べたんだよ。で、深夜の時間帯に勘違いしそうな番組がないかと思ったら、案の定あった。

産婦人科医が主人公のドラマの再放送がやってた。おそらく、テレビのリモコンを踏んだか何か、意図せずに電源を点けてしまったんだろ。で、ちょうど赤ん坊が出てるシーンを観て、幽霊が出たと勘違いしたわけだ。家から退避してる間に一定時間の無操作による自動電源オフ機能でテレビが消えてしまったから、家に帰ってきても真実に気づけなかったんじゃないか？」

強引なことを言っている自覚はあるが押し切るしかない。

「な、なるほど。先輩の言うことは筋が通ってる気がします」

「最初に話を聞いた段階で、そんなことだろうとは思ってたんだけどな」

「じゃあ、最初から言ってくださいよ」

安心したら喉の渇きが気になってきたのか、山城はメロンソーダを一気に流し込み、むせた。

私は彼が落ち着くのを待って続ける。

「最初にその予想を伝えて、もし赤ん坊が出てくるような番組が見つからなかったら、それこそ大変なことになるだろ。それに僕の予想で一番有力だったのは消音状態でホラー映画を点けてしまって、気づかなかったんだろうってのだ。実際に調べてみて、ホラー映画じゃなくて、これのことだなってわかったわけだしな」

「なるほど」

山城は相好を崩した。どうやら完全に納得したらしい。

ただ本心ではテレビの映像を見間違えてそんなに怯えるとは思えないし、私自身も彼の部屋の隅に嫌なものは感じた。本当に何かいるのかもしれない。

だが、そこを深掘りする気はない。彼が納得したならそれでいいのだ。

「今回は不幸な偶然が重なって、心霊現象みたいに見えただけってことだね」

「先輩、ありがとうございます」

「可愛い後輩のためだからね。でも早めに引っ越した方がいいとは思うな」

「なんでですか？」

山城が急に不安そうな表情になる。

――いちいち表情に出る男だな。

私はしばし神妙な雰囲気を醸しだし、しっかりと間を溜めてからこう言った。

「実際に行ってみて思ったんだが、三角形の部屋は住みにくい。角が使えないから実際の敷地面積どおりにスペースが使えなくて損だろ」

「あぁ、そういうことですか」

「それに今回はお前の勘違いだったにしろ、墓地の目の前であることには変わりないからな」

「そっすね。バイト全部夜勤にしたおかげでちょっと金できそうなんで、もうちょっとしたら引っ越すことにします」

「うん、そうしなよ」

「今度、お礼に飯奢《おご》らせてください」

「いいよ、そんなの別に。でも、雑誌にはどこまで書くかは悩ましいところだな……ま、山城が話してくれたとこまでが妥当かな」

これにて一件落着ということで解散になった。外に出ると空が薄《う》っすらと明るくなってきている。

しかし、ここまでの話はあくまで山城のために吐《つ》いた嘘である。

彼にとっての真実はこれでいい。


解散した後、私は佐倉乃亜と今度は二人で先ほどのファミレスに戻っていた。

正直早く帰って寝たかったし、彼女とはあまりお近づきにはなりたくないというのがこの時の私の気持ちだった。

風貌は私の女性の好みには一致している。

だが、内面の異様さに本能が距離を置きたがっていたのだ。

目の前で微笑《ほほえ》む中学生くらいに見えないこともない年上の女性はどちらかと言わずともヤバい奴である。

私のように仕事というわけでもなく、山城のようにオカルト現象の被害に遭っているわけでもない。ただの趣味で深夜の墓地を単独で訪れることができる女に魅力を感じるのは難しい。

しかし、先ほど一芝居打つのに協力してもらった手前、彼女の〝今度は二人で話がしたい〟という誘いを無礙《むげ》にはできなかった。

この出会いが昼間であれば、尻尾を振ってファミレスではなくもっと洒落《しゃれ》た店を訪れていただろうが……。

「先ほどはありがとうございました」私は改めて頭を下げる。

自身が幽霊などではないと後輩の前で証明してもらい、さらにどういった条件下で起こるのかは謎だが、三階建てのマンションに四階が出現することを黙っていてくれたことに対しての礼だった。

「いえいえ」

彼女は小さな手をひらひらと振る。

「ところで、お話というのは？」

「米田さんはオカルト雑誌の編集者なんですよね？」

ちょっと違う。

「編集者、ではないですね。編集っぽいこともやらされてますけど、基本はライター・記者です。バイト契約なんですけど」

彼女は小さな口で何かを咀嚼《そしゃく》するようにして考える癖があるらしい。それはまるでリスの食事のようだった。

「でも、怖い話とか不思議な話は集めてるんですよね？」

「まぁ、それはそうですね」

私は嘘を吐くこともないだろうと正直に言った。

「素敵ですね。私と連絡先を交換しましょう」

彼女はスマートフォンを取り出しながらそう言った。

私は——あぁ、ヤバい女に目をつけられたな——そう思った。

そして——。

丁重に断った。

第二章

週に四日、操山出版で仕事をしている。

大学には週に三日。講義とバイトが重なる日があるので、休日は二日ある。

今はゴールデンウィーク中なのでバイトしかしていない。

もはや自分が学生なのかどうか自信がなくなってきていた。

「はい、責了」

自分のデスクで先日の山城のマンションでの出来事について記事を書いていたところ、社長であり、編集長でもある矢田部《やたべ》さんから紙束を渡される。

私は基本的に社長ではなく編集長だと認識しており、そう接していた。

編集長の矢田部さんは初夏だというのに汗だくだった。

体重が三桁の巨漢であり、ただ存在するだけで周囲の体感温度を三度ほど上げている。

年中半袖だが、「寒い」と口にするのを聞いたことがない。

「ありがとうございます」

私は受け取ると、スキャンデータをとり、ウェブデザイナーにウェブページが責了した旨とあわせてメールで送信する。

怪談雑誌だけではなく、操山出版のＨＰの更新も私の仕事だ。

小さな版元のＨＰであり、大したコンテンツなどない。月に一度、翌月発売の雑誌や単行本の刊行予定を差し替える程度だ。アルバイトがやっても問題がない。

雑誌や書籍の内容が固まったタイミングで、どこをどう差し替えるのか、テキストや書影の画像データなど必要なものをまとめて外部のウェブデザイナーに送るだけである。

「お前もだいぶわかってきたな」

「なにがですか？」

「誤字脱字がかなり少なくなってきたし、ヤクザ関係の箇所は完璧だな」

「あぁ。まぁ、あれだけ叱られれば……」


以前、編集長だったか私だったかのミスでとある組の若頭の名前の「萩」の字を「荻」としたまま校了してしまったことがあった。

もちろん、きちんと校正が入る雑誌ではなくＨＰの次号予告の部分だ。

本誌はその筋に詳しい外部校正者に見てもらっている。

その筋に詳しい校正者がなぜ詳しいのかは怖くて訊けていない。

次号予告は雑誌の台割を見ながら、私が書くのでおそらく転記ミスだった——結局、台割が間違っていたのかどうかを確かめることはしなかった——のだと思う。

実際に印刷されて世に出るものに誤字があったわけでもなく、すぐに修正されたにもかかわらず会社にはクレームの電話が鳴り響き、実際に会社にまでヤクザが押しかける事態になった。

たまたま私が休みの日の出来事だったので、その場面を直接見たわけではないが、後に営業担当の東《ひがし》さん——以前、編集長と同じ版元にいたという不健康そうな中年男性——に聞いたところ、編集長はすべて自分のミスだと言って土下座したそうだ。

特に暴力を振るわれるようなことはなかったという。

そして次に出社した時、編集長に私は泣くほど怒鳴られ——実際に泣きはしないが——ＨＰに訂正の謝罪文を掲載することになった。

東さんとしては、当然ながら校了責任があるのは編集長であり、自分のせいだと土下座したところで格好良くもなんともないし、社員でもないライターの私が責任を感じる必要はないと言ってくれた。

ただ、紙で大きなミスがあると、場合によっては回収になるし、次号に謝罪広告を載せなければならないので面倒くさいから勘弁してほしいと笑った。

今回はウェブだからよかった、編集長も最近君が成長してきて色々任せて大丈夫になったからタルんでたし、良いタイミング且つ良い塩梅《あんばい》のミスだったと東さんは言った。

「別にヤクザ関係の記事でも、名前とか間違ってなきゃいいんだよ。組と構成員の名前は間違えると怒られちゃうからな」

「はぁ」

イエスともノーともつかない返事をする。

私はあくまで『怪奇世界』のライターであり、ＨＰの更新でしかそちらに触れることはないのだ。

しかしこの一件以来、適当に書いていた予告も名前の部分だけはきっちり調べるようになった。

そうすると必然的にその他の部分の誤字脱字も消えていくというだけのことだ。

「読者側も最近の情勢を知るためというより、自分や尊敬する人間の名前が本に載るってことが嬉しくて読むって側面もあるわけだからな。そこが間違ってると怒るわな」

「そうなんでしょうけど結構厳しいことも書きますよね、矢田部さん」

「そればっかりはな。内部のバラしたらマズい話は書かないが、調べれば誰でもわかる範囲のことはきっちり書かないと。ただのヤクザ写真集になっちまうだろ」

それが冗談なのかなんなのかわからなかった私は曖昧に笑って、再び担当記事の執筆に取り掛かる。

アルバイトの立場ながら、自分専用のデスクとノートＰＣをもらってはいるものの、作業環境としては劣悪であり、時給制かつ好きなだけいてもいいといっても長居したくはないのだ。

すると、経理の杉本《すぎもと》さんが余計なことを言った。

「せっかく育ってもそろそろ卒業でしょ？　次のバイト連れてきてもらわなきゃ」

彼女は美人だが、胸元から首にかけて覗《のぞ》く火傷《やけど》の痕《あと》が痛々しい。

どうして火傷を負うことになったのか、本人はもちろん誰かに尋ねたことはないし、全員見て見ぬフリをするのが暗黙の了解となっている。

三〇前後だと思うが、正確な年齢もまたわからない。

編集長、東さんは大手出版社からの独立だそうだが、彼女だけはどういう経緯でこんなところで、経理をやっているのか想像がつかない。

そう、留年で一年延長しているものの、私もいずれは就職活動をしなければならない。

口には出さないが、こんなところにそのまま就職したいとは思っていない。

「そうですね、大学の後輩で興味ありそうなやついないか探しときます。僕も就活ありますし」

「え？　お前、就職するの？」

驚かれるのは心外だ。

「そりゃあ、しなきゃいけないとは思ってますよ」

私だって大学を卒業してからもこんなわけのわからない、いつ潰れるかわからないようなところで働き続けるわけにはいかない。

「あれ、米田って今年卒業だっけ？」

「いや、もう留年確定してるんで来年も学生なんですけど、ひとまず今年いっぱいはここにいます。再来年卒業できる目途が立てば……冬から就活もしようかなと」

「お前……五月に入ったばっかりでもう留年が確定してるのか」

「そんな顔で見られてもリアクションに困るんですが。語学の単位が足りないのでどう頑張ったところで無理なものは無理なんです。というか、三月あたりに一回この話してると思いますけど」

「一見すると真面目な好青年っぽいのに、実際は全然真面目じゃないのな」

最近も似たようなことを言われた気がする。

編集長は私が就職すると困るような口ぶりであったが、留年が確定していることを知ると憐みと蔑みの視線を向けてきた。

——卒業してほしいのか、してほしくないのか。どっちなんだよ。

「目は死んでますし、ちゃんとどことなくクズっぽい雰囲気醸し出してますよ」

杉本さんが言う。

特に悪気もなさそうだったので、肯定も否定もせずに曖昧に首を傾げたが、少しだけ傷ついてもいた。

「目は確かに死んでる。だが他人に共感とかできなそうで、感情の起伏が小さいところは高く評価している。怪談やオカルトに対して過剰に怖がらないが興味がある奴ってのはなかなかいないんだ。いつかはヤクザの取材も任せたいんだよなぁ。お前、うちに就職しろよ。正社員で採ってやるから」

私はこんな褒められ方をして喜べるような性質《たち》ではない。だが、怒るのも少し違うので、肩を竦《すく》めるだけに留めた。

「考えておきますよ」

「激務薄給でボーナスは出ないけどな」

編集長は闊達《かったつ》に笑ったが、編集長以外は誰も笑わなかった。

私はちゃんと就職活動をしようと思った。

そして誰も会話の穂を接《つ》がなくなると、各自仕事に戻っていく。

私は怪談やオカルトスポットに関する投稿メールをチェックするために受信ボックスを開くのだった。


ゴールデンウィークが終わると、例年大学構内を歩く人の数は減ってくる。

私はこの日、怪談投稿者の女性を待つため、自身も通う大学の北門前にある卒業生が経営するという喫茶店にいた。

ここ最近の実話怪談についての投稿はこれといって目新しいものはなく、メールで掲載許可をとって終わりにした。

だが一つ、心霊映像とその撮影場所——オカルトスポットについての噂を送ってくれた投稿者がいた。この噂だけは少し気になったため、詳しい話が聞きたいとメールを送ったところ、直接会って話がしたいという返事がきたため、今日この日を待ち合わせとしていたのだ。

都内に住んでいるということで、こちらから相手方の最寄り駅まで行ってもよかったのだが、こちらの都合に合わせてくれると言うので、大学の講義終わりで行ける馴染みの喫茶店を指定したのだった。

私は山城の時と同じように、テーブルの上に森見登美彦《もりみとみひこ》の『きつねのはなし』を置き、珈琲《コーヒー》を飲みながら待っていた。

手帳を開いて、ここ最近の予定をチェックする。既に一度講義をサボってしまってはいたものの、ゴールデンウィークが明けても気力自体はまだ十分にあった。

これまでの三年間は、ゴールデンウィーク中に五月病に罹患《りかん》し、前期の単位を大量に落とすという愚行を繰り返してきたが、今年の私は一味違うという確信があった。

教育学部生でありながら、卒業までの教員免許の取得は絶望的だが、教師になるつもりなどさらさらないので、そこは問題ない。教職を取り、なおかつ卒業などとそこまでの贅沢《ぜいたく》は望まない。

この調子であれば、来年はフランス語Ⅱと卒業論文の提出、あと一つか二つ楽に単位が取れる講義で卒業できるはずだ。

〝なぜ一年時からこのようにやっておかなかったのか？〟と自問するも、まったく理由がわからない。オカルトである。

ふいに四人掛けテーブルの正面の椅子が引かれる。

私は顔を上げる。そして全く隠そうという気もなく、不快感を露わにした。

私の目の前に座ったのは、深夜の墓地に通っていたヤバい女——佐倉乃亜だったのだ。

あの日と同じ赤いワンピースを纏《まと》って微笑《ほほえ》んでいる。

「お久しぶりです」

「はぁ」

私の「はぁ」は挨拶であり、溜息でもあった。

佐倉乃亜が持ってきたのは都内にありながら、東京とは思えない静かな住宅街にぽつんとある廃屋とそこで撮影された自主制作映画の噂だった。

私に会うための嘘というわけではないらしい。

ただ、正確な場所を投稿メールに書いてしまうと、私が一人で調査に行ってしまう、それは困るということで、あえて曖昧な内容にしたという。

私たちは珈琲をもう一杯ずつ注文する。

「佐倉さんはなんで僕に付きまとうんですか？」

極力冷静に言ったつもりだったが、苛立《いらだ》ちを隠し切れたかどうかはわからない。

「米田さんが調べてる怪談に興味があるからです。やっぱり私一人では調査にも限界があると思ってました」

「はぁ。じゃあ、雑誌買ってくださいよ。調べたこと大体ちゃんと書いてますよ。実話怪談を謳《うた》ってますから、多少の脚色やリライトはしてますけど、投稿者が嘘吐《つ》いてない限りは本当のことが書いてありますんで」

「買いました。買って読んだから、こうしてここにいます。米田さんが取材して、雑誌に載せていた怪談やオカルトスポットは私の研究にとても重要なんです」

「意味がわからないな」

「むしろどうやったら僕がわかってると判断できるのか不思議でならないですね」

彼女は細くて白い腕を組み、逡巡《しゅんじゅん》した。

「わかりました。以前にファミレスでお話しした以上にきちんと説明します。それで……納得してもらえれば、私を取材に同行させてください。邪魔はしません」

正直面倒ではあるし、同行されるというだけで邪魔なのだが、彼女が投稿してくれた廃屋や映画の噂には興味があったし、その真摯な態度に少しくらいなら話を聞いてやってもいいかという気持ちになっていた。

決して、昼間にちゃんと喫茶店で向かい合ってみると、彼女が可愛らしい容姿をしていると再確認してしまい、好意を持ち始めているからというわけではない。多分。

彼女は普段はまっとうな――学会で発表することができ、就職活動の際に企業推薦がもらえるような——研究をしている。

以前に私と山城に説明した量子脳理論の研究はあくまで趣味的研究であり、専攻としては神経科学になるらしい。

私にはどっちもどのようなものかはわからないが、彼女の趣味はかなりオカルト寄りのもので、研究室内で大きな声で言えるような代物ではないという。

オカルトスポットや怪談を研究に繋げるなんてことがまっとうでないことくらいは私にも理解できる。

彼女自身マッドサイエンティストの類《たぐい》であることの自覚はあるという。

「で、まだよくわからないんですけど、それが怪談と何の関係があるんですか？」

「私はあの世といいますか、この世界からは観測が難しい異界があると信じていてですね、それは科学的に証明できるとも思ってます。オカルトスポットでの行方不明者は実は別世界に行ってしまっているんじゃないかなと」

「はぁ」

私はこの日何度目かの溜息を兼ねた相槌《あいづち》を打つ。

「具体的にどういうものか証明したいというわけではないんです。ただ特定の条件下で異界に行けるのなら私も行きたいと。そんな夢を見ているわけです。実際に入り口らしきものは何回か発見しているんですが……」

そんな所がそう簡単に見つかってたまるか、と思わず口に出しそうになったが彼女は実際に先日見つけている。

「あぁ、それで……そういう場所を調べてるわけだ」

私はそう言うに留めた。今度機会があれば他の箇所の話も聞いてみたいところだ。

「はい。先日、お会いした山城さんのマンションで私と米田さんが一緒に見た、あの行くことができない四階のようなものがそれですね。異界の入り口だとネットの掲示板に書いてありました。具体的な場所は書かれてなかったんですが、同じ人の別の書き込みから場所を推測しまして……ただ、どうしても入ることができなくて。書き込んだ人に質問もしてみたんですが無視されました。もう掲示板を見ていないのかもしれません」

「そうですか」

「私はそういった類の怪談を蒐集《しゅうしゅう》してるので米田さんに情報提供ができます。ただ、取材の名目がないと行きにくいところがあります」

「なるほど」

「そういうわけでどうでしょう？　お互いに協力するというのは」

彼女が一人だと行きにくい場所があるというのは理解できる。

私も深夜に出歩いたり、写真を撮ったりすることで、何度か職務質問を受けたことがある。

その度に名刺と自身が執筆した記事に助けられてきた。

だいたいの場合、ちょっとした雑談だけで解放される。

女性が一人で深夜にうろうろすると職務質問以外にも危険はあるだろう。

彼女が記事の材料を提供し、私が出版社の名刺や取材の名目で現場を訪れる際に同行というのはお互いに得しかないのは確かだ。

一つ、彼女に抱きはじめている感情をどう処理するかだけがネックだった。

改めて観察した彼女が変な奴であることはやはり疑いようもなかったのだが、小動物的なかわいらしさは庇護《ひご》欲をかき立ててくるし、大げさな身振り手振りを交えて話すさまも愉快で自然とこちらの気分も高揚させてくる。

彼女の提案を断るための材料を探そうとすればするほど明るい場所で会った彼女の魅力の方が際立ってくる。逡巡したものの結局、私は首を縦に振ってしまったのだった。

「ではこれから一緒に頑張りましょう。私たちはもう同志ということで敬語じゃなくていいですよ」

「じゃあ、佐倉さんも敬語じゃなくていいよ」

「私は敬語がデフォなのでこのままで」

――はぁ。じゃあ、お互いに敬語のままでもいいじゃないかよ。


そして彼女は語り始める。

これは乃亜が実際に大学の同期から聞いた話だという。

都内出身の同期の女性Ｂ――とする――の父親は大学時代、映画サークルで自主制作映画の撮影をしていたらしい。

Ｂの父親が撮っていたのは自分で監督、脚本、撮影、主演までこなすフェイクドキュメンタリーが主だったという。

普通は自分の子供に作品を観せるのは恥ずかしいものではないかとＢは思ったものだが、彼はそういったことをあまり気にするようなタイプではなく、中学生になった頃から娘を一人の観客として扱い、その感想を楽しみにしていた。

Ｂは父親の撮った偽宗教団体への潜入取材や田舎のヤンキーへの突撃取材風映画をあまり面白いと思ったことはない。だが、父親が喜ぶ顔を見たかったＢはあまり興味がないにもかかわらず、しっかりと鑑賞して感想を伝えた。

そんなある日、Ｂは父親の自主制作ビデオの中にラベルが貼られておらず、観るように勧めてもこない一本があることに気づいた。

なんとなく、観てはいけないものだろうと彼女はそのテープを見て見ぬフリをしながら日々を過ごしてきたが、やはり一度それに気づいてしまうとどうしても気になる。

だんだん父親の映画コレクションの棚の黒いビデオテープから視線を感じるような気すらしてくる。

――観ろ。観ろ。観ろ。

ビデオがそう語りかけてくるような幻聴まで聞こえてくる。

そしてついに彼女は両親が留守の日、古いビデオデッキにあのラベルのないテープを差し込んでしまったのだった。


画面に映ったのはどこか見覚えがあるが正確には思い出せない少し古臭い夜の街並み。

大学生の頃の父親の声でナレーションが入る。

足を踏み入れた人間が行方不明になるという廃屋に潜入するのだという。

この映画はどうやらホラーらしい。

ホラーは苦手だが、学生の自主制作映画なんて大したものではないだろうとBは高をくくっていた。

画面はわずかに上下に揺れながら、すべての店がシャッターを下ろして閑散とした深夜の商店街を抜けていく。

人の気配はまったくない。そんなナレーションが入る。

これといって見るべきところもなく、最寄りの駅は〝強いて言えば最寄り〟という言い方しかできないような――東京であることが疑わしくなるような――都会であるとは到底言えないような――寂れた住宅街にその廃屋はあるという。

廃屋までの道のりもずっと独り言のような坦々《たんたん》とした父親のナレーションが続き、つまらないのに不気味で仕方がなかったと彼女は思った。

そして、廃屋に到着する。二階建ての一軒家の玄関の扉は板で打ち付けられていて、窓も埃《ほこり》で中が見えない。画面越しでもはっきり長く人が住んでいないのがわかった。

Bはこの撮影がちゃんと家主に許可を得て行われているものなのか、それとも無断なのかということが気になったが、それを父親に訊こうとは思えなかったそうだ。

カメラ——父は家の裏手に回ると割れた窓から手を差し入れ、鍵を開けて家に侵入した。

当然、家に明かりはなく、まるで真っ暗な廃屋をカメラの弱々しいライトを頼りに探索していく。

もはや行方不明者だとか、幽霊だとかよりも不法侵入やそれによる通報だったりが気にかかり、集中力も切れかけていたその時——窓ガラスの向こうにはっきりと少女のような人影が現れる。

そして映像は急に終わってしまう。

Bは何の脈絡もない幽霊の登場と、いきなり作品が終わってしまったことに呆気《あっけ》にとられてしまい、茫然《ぼうぜん》としてしまった。

「何を観てるんだい？」

Bはぼんやりしていたところに、背後から父親に声をかけられ、声にならない声を上げてしまったそうだ。

その驚き様から〝あの〟ラベルのないビデオテープを観たのだとすぐに察した父親は逡巡し

てから、ゆっくりとビデオについて彼女に語った。

このホラー映画は他の自主制作映画と同様に大学時代に撮影したもので、この舞台である廃屋は昔幼なじみが住んでいた家なのだと。

その幼なじみが小学三年生に上がってすぐの頃行方不明になり、一家は家を出てそのままになっていたのだという。

そこに忍び込んで撮影した映画で、当時は行方不明になった幼なじみのことなど半ば忘れていて、撮影にちょうどいい空き家があるというくらいにしか認識していなかった。

実際にこの家に入った人間は行方不明になるという噂自体はあり、それを題材にした映画を撮ることにしたのだという。

しかしいざ映画を編集していた際に気付いてしまった。

窓ガラスの向こうに立たせていた幽霊役の友人とは別の人影に――。

カメラを構えた自分の姿とその背後に立った幼なじみの姿がガラスに反射していたのだった。


「という話です」

「なるほどねぇ」

要するに廃屋で撮影した映画に行方不明になった幼なじみの霊だかなんだかが映り込んでい

たというわけだ。

「その同期の子はその映り込んだお父さんの幼なじみの姿は確認したって？」

「いいえ。もう怖くなって二度とそのビデオを観ることはなかったそうです。お父さんもそのことについてはその日以降一切口にしないそうですし」

「まぁ、でもそんな映像が撮れちゃったらその後の扱いは難しいよね。本当の心霊現象が起こった映画としてタイトルを付けて発表するにも映っているのが幼なじみだと罪悪感もあるだろうし、公開しないとしても捨てるのはそれはそれで気が引けるし」

「そうですね。それで結局ラベルも貼られず、棚に収まったまま何年も経ってしまっていたんですね」

私はなんだかんだ彼女の話にしっかりと聞き入ってしまっていたらしい。

珈琲は冷えてまずくなっていた。そろそろ注文するものを冷たい飲み物にしてもいいかもしれない。

「よくある話だけど面白かったよ。お父さんが変な人でキャラも立ってたし」

「米田さん、何を話をまとめようとしてるんですか？　この話はまだ終わりではないです」

「まだ終わりじゃなかったか」

私は軽く浮かしかけていた腰を再び椅子に下ろす。

「まぁ、そう面倒くさそうにしないでくださいよ」

何に対してもすぐに面倒くさいと感じ、さらにはそれを態度に出してしまうのは私の悪い癖だ。そういう性格が単位を落とし、四年で大学を卒業できなくなってしまった原因の一つだろう。

世の中には面倒でも避けられないことがある。フランス語Iの講義とか。

いや、避けることはできるが避けることによって大きなものを失うこともある。単位とか。

「面倒くさくなりそうな気配は感じてるけど大丈夫。続けて」

今年の私は一味違うのだ。面倒なことから逃げない。なるべく。

「正直過ぎるというのは美徳ではないのかもしれないですね」

乃亜は鞄《かばん》の中から紙袋をまるで美術品を扱うような手つきで取り出す。

「まさか」

「そう、そのまさかです」

紙袋の中からは予想通りのものが出てくる。

「先ほどお話ししたビデオテープ、譲ってもらいました」

「おぉ」

実話怪談のライターとしてはここまで怪奇現象の実物に近づくことができるというのはありがたいとしか言いようがない。

だが照れが出てしまい、素直な言葉は喉に引っ掛かってしまった。黙って彼女が取り出すのを眺める。

「わざわざこれを観るためだけにビデオデッキを買ったんですよ」

「今時ビデオ観ることなんてないもんな。ホラー映画なんかはＤＶＤやブルーレイになってない作品もあるし、それこそ伝説的な心霊映像がビデオでしか残ってなかったりするから、ビデオデッキ持ってる人はオカルト界隈だと割と多い印象ではあるけど」

「それでですね。その再生した映像を画面録画して、動画をスマホに落としてきました。どうです？　気が利くでしょう？」

「そうだね。それは認めざるをえない」

「さ、というわけで一緒に観ましょう」

　私たちは四人掛けテーブルに向かい合わせに座っていたのだが、彼女は席を立つと私の隣の椅子に腰掛けた。

「一回観たんだろ？」

「まぁまぁ、一緒に観ましょうよ」

　気恥ずかしいが、肩を並べてその行方不明者が映る自主制作映画を観ることになった。


「結構面白いですよね、この映画」

「あぁ、なんか……思ったよりもちゃんとしてた。画質や音質の悪さも良いアクセントになっているというか」

　私たちは単純にこの映画を楽しんでしまっていたのだが、本題は別だ。

「しかし、思ったよりはっきり映ってるね、撮影者の腰のあたりに」

「はい、オリジナルではなくコピーにもしっかり映るものなんですね」

　言われなければ気づかなかったかもしれないが、ライトが一瞬照らしたガラスに子供が映っているように見えた。

「そしてこの話はまだ終わりません」

「なんとなく予想はつくけどね」

「米田さんは勘がいいですね。ではもったいぶらずに続けますが、この廃屋……まだ残ってるそうです」


「なるほど。あの辺りにそんなところがあったのか」

「都内といってもだいぶ寂れてるところらしいですよ」

「今晩行ってみるか」

　乃亜は満面の笑みで頷《うなず》いた。

　——まぁ、当然ついてくるわけだよな。

　私と彼女は一度解散し、深夜一時に目的地最寄りの駅で落ち合うことにした。

　徐々に気温が上がってきて、ジャケットはもう暑くて羽織っていられない。だが、夜になると風が身体を冷やす。

いつでも羽織れるように黒い薄手のシャツを用意し、ワンショルダーの小さな鞄に取材用のメモ帳とペン、カメラ、軽量懐中電灯、モバイルバッテリーを入れる。

基本的にはメモもカメラも懐中電灯もすべてスマートフォンで済ませてしまうのだが、スマートフォンが使えなくなったら取材ができなくなってしまう。

いつぞやに何故かスマートフォンが起動しなくなったことがあり、その時は自分の容量や正確性に不安がある脳内メモリに頼らなくてはならなかった。

いつまたそのようなことが起こらないとも限らないので、準備はしておくにこしたことはない。

私はコンビニで買ったマズい唐揚げ弁当を腹に詰め込むと、時間まで寝ることにした。

そして、しっかり予定通りの時間に目を覚まし、自宅の最寄り駅から電車に揺られること一時間弱。

一時間程度なら、似たような怪談がネット上に転がっていないか調べたり、記事の下書きをしていればあっという間だ。

電車を降りて、のんびり歩いて改札に向かって歩く。

わかっていたことだが、改札前に彼女はいた。

そして服装は先ほどとは違って赤地に花の模様が散ったゴブラン柄ワンピースに替わっていた。

先日の墓地での格好といい、彼女は西洋人形のような服装が好みらしい。深夜の廃屋にこんな格好の人間がいたら、幽霊の方が幽霊が出たと驚いて逃げ出しそうだ。

「同じ電車乗ってたんですね」

終電が待ち合わせ時間の五分前に着くので、おそらく同じ電車に乗っているだろうと思ってはいたがわざわざ探さなかっただけだ。

彼女は気づいていなかったらしい。

「あぁ。あとその服、似合ってるね」

うっかりそんなことを言うと彼女は口をもごもごさせた。

「じゃあ、早速行きましょう。グーグルマップで調べたんですが、けっこう距離ありますよ」

彼女は意気揚々と歩き出した。その姿は幼い子供のようで、とても年上には見えない。

乃亜と画面で観ていたのと変わらず、街灯は少なく、街明かりも二三区内に比べると圧倒的に少ない。

都内にもかかわらず、地元の田舎——中国地方の〝田舎にしては都会〟という半端な場所で私は十八年を過ごした——に似た空気を感じる。

「ところで、米田さんってなんで今のアルバイトしてるんですか？」

流石《さすが》に二人して黙って歩くということはなく、ぽつりぽつりと会話を交わしながらその廃屋へと向かう。

「操山出版のバイトって辞める時にサークルの後輩を紹介して辞めていくことになってるんだ

よ」

「じゃあ、米田さんも先輩の紹介で？」

「そうだね。先輩に出版業界のバイトあるって言われて、のこのこついていったら怪談雑誌とヤクザ雑誌作ってたっていうね。適当に怪談でっちあげとけば大丈夫とか言われたけど、実際にはそんなことないし、ライターって話だったのに本来は編集者がやるような誌面のラフ書いたりとか、入稿とか、ＨＰの更新とかもやらされてるよ」

「でも、そんなに嫌じゃないんですよね？」

「そうだね。結構楽しいと思う」

「じゃあ、良いバイト紹介してもらえてラッキーでしたね」

「そう……かもね。流石にこのまま操山出版に就職しようとは思わないけどさ。みんないつ出社していつ帰ってるのかもわからないくらいずっといるし、それなのに残業代もボーナスもないらしいんだよね」

「それっていいんですか？」

「駄目なんじゃない？　わかんないけど」

あまり自分のことを話すのは得意ではない。

他人の話を聞くのが仕事なのだ。

しかし、まだ先は長い。

「佐倉さんはなんで院に進んだの？」

「私ですか……やりたくないことはいっぱいあるのに、やりたいことはなかったから……ですかね」

「はぁ」

何を言っているのかさっぱりわからなかった。

彼女のこういうところが苦手だった。

「具体的にどういうことがやりたくないの？」

「一番は仕事ですね。次に生活全般」

「生きるために必要なこと、だいたいを占める要素だね」

「そうなんですよ。だけど、死ぬのは怖くて」

「はぁ」

そう話す彼女は活き活きとしていて、どこまで本気なのか私には測りかねた。

彼女の言葉は内容と声のトーンが合っていないことがしばしばある。そんな潑剌《はつらつ》として言うことだろうか。

「でも、幽霊を科学的に証明したいとかそういうのはやりたいことなんじゃないの？」

「え？　別に幽霊がいるかどうかはどうでもいいといいますか、いるのはわかっていますし、それを証明して認められたいというよりは……前にも説明したとおり、私はあっち側……そう、異界に行きたいだけです」

「そうなんだ」

「そうなんですよー」

彼女が私をからかおうとしているわけではないのはわかった。

だが何を言っているのかさっぱりわからなかったし、頭が痛くなってきそうだったので、話題を変えることにした。

「佐倉さんはどういうものが好きなの？」

「ゲームと映画ですね。ザ・現実逃避です」

大きな道路は車があまり通らない。等間隔に並ぶコンビニが遥か先まで続いていて、自分たちがどのくらいの距離を歩いたのかわからなくなってくる。

「どんなのが好きなの？」

「ゲームはなんでもやりますが、特に好きなのは『ワンダと巨像』ですね。映画は『ドライヴ』ってわかります？　レフンのやつ」

「あぁ、わかるよ」

そう言うと、彼女は満足げに頷いた。

「米田さん的にはどうです？　ワンダ、ドライヴ」

「そうだね、僕も好きだよ」

「嬉しいです」

ちなみにレフンの作品だと、『ドライヴ』の他に『ネオン・デーモン』も好きだ。

そして、件《くだん》の廃屋に到着する。

よくこんな建物がいまだに残っていたものだ。自分たちの親世代の人間が大学生だった時点で空き家になっていたというのに。

周囲には明かりがなく、パッと見は真っ黒い穴が立体化したように感じた。

「これは最初から場所がわかってないとちょっと辿《たど》り着けないな」

「そうですね」

自然に迷い込むことが困難な入り組んだ裏路地に位置しており、彼女によるとグーグルストリートビューも手前の道で途切れていたそうだ。

実際には車で来ることは可能だろうが、それなりの運転技術がないとここから大通りまで出るのは苦労しそうだ。

「たしかにこんなところに誰かが入っていったらそれだけで不気味だな。そりゃ、ここに入ったら行方不明になるなんて噂にもなるだろ」

私たちは敷地の外から廃屋を眺めるが何がわかるでもない。

ただただ真っ暗でおどろおどろしいボロ家があるだけだ。

――さて、ここからどうしたものか。

不法侵入すべきかどうか悩んでいると、乃亜が口を開く。

「では、中に入りましょう。その際ライトで照らしがてら私を撮ってください。何か映るかもしれません」

「あー、やっぱり入るか」

「ここまで来た以上は入りましょう」

私もせっかくここまで来て、何もせずに帰るというのも味気ないと思っていたのだ。

腹をくくって、スマートフォンの懐中電灯と動画撮影機能を起動する。

明かりを点《つ》けるのは気が進まなかったが、このいつ崩れてもおかしくない廃屋に深夜に忍び込むということもあり、怪我のリスクをわずかでも下げるためには明るいに越したことはないと判断した。

「わかった」

私たちは草が好き放題に生えている庭を抜けて、裏手に回る。

「ここが入った人間が行方不明になると噂の廃屋です。早速入ってみましょう」

あの自主制作映画をなぞるように彼女はカメラに向かって言う。

「壁に穴が開いていますし、窓ガラスも割れてますね。どこからでも忍び込めそうです」

そして彼女が勝手口の扉に手をかけると、ドアはまるで私たちを誘い込むかのように開いた。と同時にドアノブが壊れて地面に転がる。

その時のカーンという金属音が意外と大きく、私たちは二人してびくりと身体を震わせた。

すぐに建物の中に身体を滑り込ませ、ライトを消したが、この音に近所の人間が気付いたのか隣接する家屋の窓の電灯が点けられた。

「多分、今ので近所の人が見回りに来るか、警察に通報されると思う。正直に話せば割と許してもらえるけど厄介だからさっさと出よう」

「わ、わかりました。でも、あの自主制作映画で子供が映り込んでいたあそこだけ撮ってください」

「仕方ないな」

私たちはリビングと思《おぼ》しき部屋に行くとぐるりとスマートフォンで撮影し、外へと向かう。

階段は完全に崩れており、二階に上がることは難しそうだったので、あの心霊現象が起こったのが二階でなくて本当に良かったと胸を撫《な》で下ろした。

私に同行している女性はもし心霊現象が起こったのが二階だったとしたら階段が崩れ落ちていても強引に上がる方法を探しそうだ。それは勘弁してほしい。

外に出るとパトカーのサイレンの音が聞こえてくる。

通報されていたとしてこんなに早く来るとも、わざわざサイレンを鳴らすとも思えないのでおそらく別件だろうが、それでもこんなところに深夜に出入りしているのを見られるのはまずい。

私たちは咄嗟《とっさ》に手を繋ぐと、息を潜めて敷地の外に出て早歩きでその場から遠ざかった。

私は大通りまで出ると、乃亜の手が汗でじっとりと湿っていることに気づいた。

「どうしたの？」

「パ、パトカーのサイレンの音が苦手で」

墓地は平気で、パトカーの音はダメなのか。よくわからない。

「気分が悪くなってしまって」

「あぁ、そう」

「その……お願いがあります」

「なに？」


そのお願いを聞いたことにより、私は佐倉乃亜のマンションに来ていた。

深夜三時半になる。

彼女がタクシー代を支払ってくれるというので、それに目が眩《くら》んだというのもある。

駅の周辺にカラオケ屋もファミレスすら見当たらず、どこで始発まで時間を潰すかというのは一つの課題としてあったのだ。

彼女もまた大学近くのマンションで一人暮らしをしていた。

しかし、山城宅のように安くて奇妙なマンションではなく、オートロック付きの学生には勿《もっ》体《たい》ない１ＬＤＫであった。

二三区内で大学から徒歩五分圏内、駅にも近いとなると家賃は月一〇万円近いか、それ以上なのではないかと思われた。

ちなみに私は家賃五万円のアパートで、大学に近い六畳一間だが、一階北向きでベランダから塀を隔てた先は隣のマンションのゴミ捨て場という、家賃の安さと引き換えに快適さを犠牲にした家に住んでいる。

マンションのエントランスで改めて彼女の顔を見ると肌色よりも白に近く見えるほど血の気がなかった。

彼女は私のシャツの裾を摑んでいるが、皺《しわ》になるからと振り払う気にはなれなかった。

エレベーターで最上階の角部屋まで辿り着くと、彼女は覚束《おぼつか》ない手つきで鍵を開けた。

そこまで見届けたところで、私は自分の仕事は完了したと判断した。

深夜の取材の後にまさか自宅徒歩圏内までタクシーで帰ってこられるとは。

移動が楽という点で今回の取材はとても幸運だった。

「今日はお疲れ様。顔色悪いし、早く寝なよ」

そう言って、踵《きびす》を返すも足が前に出ない。

服の裾が摑まれている。

「えっと、何？」

「上がっていってください」

正直気が引けたが、断ることはできなかった。

そして遠慮がちに腰掛ける私の前に珈琲カップを置くと、なんの躊躇《ちゅうちょ》もなく「シャワー浴びてきます」とだけ言って、浴室へと消えていった。

知り合って間もない男が家にいる状態でよく平気でシャワーを浴びようと思えるものだ。

彼女がシャワーを浴びている間、淹《い》れてもらった珈琲を飲みながら、スマートフォンで記事をせっせと書き綴《つづ》っていた。

この時間ではテレビ放送は終わってしまっているのだろうが、そもそもこの部屋にはテレビがなかった。大きなモニターはあるのだが、彼女によるとそれは映画鑑賞とゲーム用でテレビは観られないのだという。

今回のためだけに購入されたビデオデッキも繋がっているが今後使われることはあるのだろうか。

部屋は綺麗に片付いてはいるものの、オカルト関係の書籍と、学術書が詰まった巨大な本棚やゲーム機など趣味のものが大量に詰められた箱が存在感を放っているせいで、可愛らしさとはかけ離れていた。

――色気のない部屋だな。

ベッドの上に乗っているぬいぐるみもクマやウサギなどではない、青色のタコのような宇宙人のものだ。

何のキャラクターか彼女に尋ねたところ『UFO　～A day in the life～』という一九九八年に発売されたプレイステーション用ゲームソフトの主人公で、ネットオークションで手に入れたという。検索してみるとなんだか面白そうだった。

やはり彼女は変わっている。

シャワーを浴びて出てきた彼女は化粧を落としていた。さほど変わったようには見えないが、幼さがより増したようには感じた。

「落ちついた？」

私はなるべく彼女の方を見ないようにしながら尋ねる。

「はい」

「そりゃ、良かった」

「ありがとうございました。こんな変な女に付き合ってくださって」

「いや、それはいいけど、変っていう自覚はあるんだね」

そこには驚いた。

「よく言われますから」

「なるほどね」

「納得しないでくださいよ」

彼女はそう言って笑った。

なんとなく、今までは彼女と話をしてもどこか彼女の向こう側にいる何かと会話をしているようで手応えがなかったのだが、今は少し通じ合っているような心持がした。

「あの……私、邪魔……でしたよね？」

彼女の言わんとすることはわかる。

だが……。

「次もまた一緒に取材に行こう。君と二人で怪談の取材に行くのも意外と面白かった」

一緒に行動したのはわずかな時間でしかない。だがそれは濃密で、私自身の考え方を変えるには十分なものだったらしい。

「いいんですか？」

「君がいいなら」

「ありがとうございます。じゃあ、連絡先交換してもらってもいいですか？」

「いいよ」

私はついにスマートフォンを差し出した。

「嬉しいです」

「ところで、さっきは何を怖がってたんだ？」

「なんというか……生きてる人間に追いかけられたり、叱られたりするかもしれないというのがダメでした」

「怖くなったの？」

「はい。幽霊的なものといいますか、異界への憧れはあるんですが、そういう物質的な不快感はとても苦手でして」

「本当に変わってるな」

「あのですね……」

「うん」

「私の話をこんなにちゃんと聞いてくれる人って米田さんが初めてなんですよ」

「ん？　どういうこと？」

「米田さんも相当変わってると思います」

――何言ってるんだよ。僕は常識人だ。

その後、明け方まで毒にも薬にもならないお互いの潤いのない学生生活の話をして、彼女が目を擦《こす》り始めたところで私は帰宅した。

太陽が眩《まぶ》しい。

彼女は恐怖への耐性が強いわけではなく、対象にズレがあるということなのだろう。

そのことを認識すると途端にふつうの女の子に見えてしまう。

だが彼女のことをいつまでも考えている余裕はなかった。

なぜなら、私にはこの後は決して落とすわけにはいかないフランス語Ⅰの講義が待っているのだ。


後日、スマートフォンで撮影した動画を彼女と一緒に観たのだが、やはりあまりにも暗かったためかあまり視認できるような映像は撮れていなかった。

彼女の背後のガラスにぼんやりと男性の影が映っているように見えなくもなかったが、彼女は窓ガラスの汚れだと言い、そう言われると私にもそのようにしか見えなくなってしまった。

私は今回の怪談と取材記をまとめてプリントアウトし、編集長に提出した。

場所が特定されないようにモザイクをかけるといってもちゃんと写真も撮れていたし、記事も悪くないと思う。

「よく書けてた。取材頑張ったな」

時給にカウントされない取材の時間を考えるととてもやってられない仕事だが自分でも良いものができたと思った仕事を褒められるというのは悪くない。

しばらくして乃亜からあの廃屋が更地になったらしいと聞いた。

私たちのせいかもしれない。

そしてこの日以降、なんとなく用があるわけでもないのに、私たちは二人で会うようになるのだった。

第三章

「米田さん」

私は乃亜の部屋で原稿を書いている。

大学が夏休みに入り、バイトがない日はこうして彼女の家にいることが多くなっていた。

座椅子に腰掛け、ローテーブルのノートＰＣのキーボードを叩く。

やはり家賃の差というのは大きいもので自宅と乃亜のマンションでは快適さが地獄と天国、寒空の公園と喫茶店、カプセルホテルと帝国ホテルほどの差があった。

帝国ホテルに泊まったことはないし、私のような貧乏怪談ライターには一生縁がなさそうなので喩《たと》えは適当だ。

ともかく、乃亜の邪魔が入った上でもここの方が執筆が捗《はかど》ってしまうのだ。

「米田さん」

ベッドの上で本を読んでいた乃亜が再び話しかけてくる。

家主をこのまま無視し続けるのも気が引けるのでノートＰＣから目を離さずに返事をした。

「なに？」

「ドライブに行きませんか？」

彼女の言うことはいつも急だ。

――面倒くさいな。

私は露骨に嫌そうな顔をしただろうが、彼女は気に留めなかったようだ。

「今？」

「今すぐというわけではないですが、今晩」

「うーん、今日は忙しいからまた今度かな」

「いえ、米田さんは忙しくありません」

「なんで乃亜が決めるんだよ？」

私は思わず顔を彼女の方に向けてしまった。

彼女は笑っていた。

まんまと彼女に乗せられたようだ。

「なぜならもう〆切間近の記事は書き終わっていて、今は次号のストックを作ろうとしているからです」

「目ざといね」

「横目で見ていました。私は視力がいいのです。それにただドライブデートをしようというのではありません。オカルトスポット取材です」

「それ車じゃなきゃ行けないところ？」

「だからドライブに誘っているんです」

基本、私は車でしか行けないところには取材に行かない。

電車——それも在来線が私の行ける限界なのだ。

「でもさぁ、僕免許持ってないんだよね」

「安心してください、私は免許を持っています」

「あ、そうなの？」

私はこの小柄で自転車すら乗れるイメージが湧かない彼女をまじまじと見つめる。

——しかし免許を持っていたとて。

「意外そうな顔をしないでください」

「いや……でも、やっぱり意外ではある。じゃあ、訊き方を変えるんだけど……運転はできるの？」

〝免許を持っていること〟と〝運転ができること〟はまったくの別モノである。

私は自分が免許を持っていないことを棚に上げて、乃亜を値踏みしているという自覚はあるのだが、彼女の運転というものにはまったく信用が置けない。なんとなくだが丁寧に運転をしないタイプに思えてならない。

「任せてください。私こう見えて運転はそこそこ得意なんです」

「本当かぁ？」

「少なくとも免許を持ってない人に言われたくはないですし、これは普段行けないオカルトスポット取材のチャンスですよ。このまま電車と徒歩圏内の取材だけで済ませて記事のレベルを下げてもいいんですか？」

「……一回で二度痛いところを突いてくるね。わかったよ、行こう」

「ありがとうございます。では、今夜の十二時出発としましょう」

　私たちが出かけるのはいつも深夜だ。特に二時に現地に着くような外出が多い。ゆえに十二時発と言われてもなんの疑問も抱かなかった。

　もはや私たちの関係は〝そういうもの〟なのだ。

　他人から見れば奇妙なものだろうし、自分でも冷静に考えれば相当奇妙なのだがすっかり慣れきってしまっている。

「わかった。で、車は？」

「これから借りてきます。米田さんは仮眠でもとっていてください。お風呂も入っちゃっていいですからね」

「あぁ、うん」

「晩御飯は帰りにどこかで買ってくるのでご心配なく。あとレンタカー代も晩御飯代も奢《おご》りなのでこちらもご安心ください」

「ありがたい話だけどね。自分の甲《か》斐性《いしょう》のなさが恥ずかしくなってくるよ」

「その気持ちが残っているなら十分です。これを当然のように感じ始めたら私もちょっと考えます」

「その時は請求してくれ」

「はい、そうさせてもらいます」

いずれプレゼントや何らかの形では返さねばなるまい。

いずれ……。

しかし勝手知ったる佐倉乃亜のマンションだが、留守中にシャワーを浴びるのはどうにも気が引ける。

——どうせ徒歩圏内だし、一回自宅に帰るか。

「別にお風呂使うの遠慮しなくていいですからね。着替えも置いてるんですし、シャワー浴びるためだけに一度帰るの面倒くさいと思うので」

——エスパーか？

と思ったが、過去にも何度かこういうことがあり、何も言わなければ私が一旦帰宅して風呂に入ってくるだろうことは見越していたのだろう。

クーラーが利いた明るく快適な部屋に居座ることには抵抗がないのだが、余計な光熱費を払わせてしまうことには若干の抵抗があるのだ。

しかし、こんなつまらないことで押し問答をする時間も惜しい。

「わかった。じゃあ、使わせてもらうよ」

「はい。私が留守の間も家のものは自由に使ってください」

「……あぁ」

どうせ自由になど使いはしないが素直にそう答えておいた。

付き合っているとも付き合っていないともわからない女性の家で一人で浴室を使うというのは許可を得ていてなお他人の家に盗みに入っているような緊張感と背徳感がある。

私はシャワーを浴びただけでドッと疲れてしまい、座椅子を枕にしてひと眠りすることにした。

乃亜は「ベッドを使ってくれてもよかったのに」と言うだろう。

だが、家主不在の家でいくら身を清めた後とはいえベッドは使えない。

床の方が遠慮なく寝られる。


「なんだか思ってたのと違うな」

私は乃亜が借りてきた車を前にそう言った。

「カッコよくないですか？」

「めちゃくちゃカッコいい」私は正直に賞賛した。

クラシックな赤いボディは古い洋画に出てくるような貫禄があり、車に詳しいわけではないが街中で見かけたらきっと振り返ってしまうような魅力があった。

まるでドラッグを盗んだカップルがマフィアから逃げたり、逃がし屋が犯罪者を警察から逃がしたりするために乗りそうだ。

　将来車を買える日が来たらこんな車に乗りたいとすら思う。

　こういう趣味が合うと彼女との距離が縮まったような気持ちになってしまう。

「高かったんじゃないの？」

「まぁ……ぼちぼちですよ。レンタルですからね、大したことないです」

　乃亜は言葉を濁した。

　金額は幾らだったのか聞かない方がいいだろう。

「ささ、乗ってください。助手席に」

　後部座席に乗り込もうとするのを先に阻止する形で助手席を指定された。

　私は言われるがままに助手席に乗り込む。

「では、行きましょう」

　大きな車に小さな彼女の身体は不釣り合いに見えるかとも思ったが、私にはまるで最初からそこに乃亜が納まるようにシートが作られていたかのように感じられた。

　車の似合う似合わないというのはその人がその車に乗りたいと思っていたかどうかや心持で決まるものなのかもしれない。

　乃亜がアクセルを踏むと想像していたよりも遥かに強い加速の圧を感じた。

　そして私たちは夜の街に飛び出した。

「この車と私のドライビングテクニックなら警察に追われても逃げ切れますよ。どこかで銀行強盗見つけたら乗せてあげましょう」

「映画じゃないんだから逃げ切れないだろ。こんな目立つ車で。しかも銀行強盗は逃がすんじゃなくて警察に突き出せよ。あとやっぱりそんなに運転上手くないじゃないか」

　乃亜はこの癖のある車を明らかに操りきれていない。

　アクセルを踏む塩梅《あんばい》やブレーキを踏むタイミングの微妙なズレを感じる。

　普段なら酔うかもしれないが、今のところは事故に遭うかもしれないという恐怖が私の心身を緊張させ、車酔いすらさせてくれない。

　全身全霊が命を守るために――どうしようもないのだが――頭を冴えさせているのだ。

「文句あるなら今度から米田さんが運転してくれてもいいんですよ？」

「無理じゃないか。あぁ、ひょっとして免許取れってこと？」

「取らないとこれからもドライブデートは私の運転ってことです」

「そうか。それはちょっと悩むところだな」

「こうして電車で行けないところに行けるわけですから、もう一緒に車に乗らないって選択はないはずです」

「まぁ、そうだね」

「で、免許取らないんですか？　私は運転も好きなので別に構わないんですけど」

「うーん、お金がない。実は実家から教習所に通うための資金を援助してもらったんだけど、使い込んじゃったんだよね」

「うわぁ」

運転席の乃亜は信号待ちで車を停めた際にこちらを一瞥《いちべつ》したが、明らかに困惑していた。

流石《さすが》にここまでのダメ人間だとは思っていなかったのだろうが、残念ながら……。

「今さらだけど僕はそういう人間だからね」

「わかってたつもりですけど、そういう新たなクズエピソード出てくるとやっぱり引きますね。何に使ったんですか？」

「ギャンブル」

「ギャンブル、ですか？　米田さんってギャンブルやるんですか？」

理由も理由でクズの定番だ。

「今はやってないけどね。競馬とパチンコやってたよ。流石に教習所代すっからかんにした時に引退した。このままだと使ってはいけないお金にまで手を付けてしまいそうだったからね」

「それがいいです。米田さんはあまりギャンブルに向いているようには思えません。あとご実家からもらった教習所代は既に手を付けてはいけないお金です」

「まぁ、そうだね。だからコツコツ実話怪談の記事なんて書いてお金を貯めてるんだ。まだ親には留年のこと言ってないけど、来年は仕送りはどうなるかわからないからね。打ち切られても文句は言えない」

「留年のこと言ってないんですね」

「言ってないね」

「私が思うにですね、米田さんは本当の本当にクズっぽいことよりはきっと真面目に生きる方が、向いてない中では向いてる方だと思います」

「なんだか、よくわからない言い回しだけど言いたいことはわからないでもないな」

「留年のことは早く言っちゃった方がいいですよ」

「そうだね、そうするよ」

「もし仕送り止められたら、うちのマンションに転がり込んできてもいいですからね」

「うーん、それはいくらなんでも……」

　こうして自分の情けない部分をさらけ出してしまうともはや乃亜の運転の下手くそさを責める気にはなれなかった。

　車は都心を抜け、だんだんと街の灯《あか》りも少なくなり、暗闇の中にじりじりと吸い込まれていくように感じた。


　広い国道をひたすら走っていると運転の荒さもあまり気にならなくなってくる。

「で、これはどこに向かってるんだ？」

「埼玉です。実は行ってみたいトンネルがあるんです」

「トンネルかぁ」

「そこで幽霊を見たとか行方不明になった人がいるっていう噂がありまして」

彼女によると最近ネット上でちらほらと見かけるようになった話だそうだ。

自動車事故が起こりやすく、殺人現場になったりということもあるため、オカルトスポットとしてトンネルは定番なのだが、今回行く所はトンネルを抜けたら何やら奇妙な出来事が起こるのだという。

「ふむ」

「深夜にそのトンネルを走っているとなかなか抜けられないような感覚に陥るらしいです。走っても走ってもトンネルを抜けない。いつも通っている道で、とっくに抜けててもおかしくないのにこの先もずっと続いているように思えるそうです。自分はトンネルの中に取り残されたんじゃないだろうか、怖くなってきた頃にやっと出口の光が見えるんですが、何か違和感があるんですよね。どうも点滅しているようなんです」

私は彼女の話を黙って聞き続けた。

「それに、そもそも今は深夜で出口の光なんて見えるはずないんですよ。あれ？　じゃあ、あの光はなんだろう……不思議に思いながらそっちに近づいていく」

彼女は一拍置いて続ける。

「すると今度は急にトンネルを抜けて外に出てしまいます。そしてふと顔を上げると遠くに捻《ね》じ曲がった街灯と……人間の首がぶら下がって揺れていたそうです」

なるほど。

「たまにあるよね、その手のやつ。街灯に何かが絡みついてたとか首が落ちてきたとか、降りて確認しようとしたらなにかに身体の一部を摑まれたとかは聞いたことある気がするな」

「この話はですね、ここからがポイントなんですよ」

乃亜の声が急に明るくなる。

彼女が気に入るような要素があったのだろう。

「何人かでそれを目撃してしまった時に『おい、今の見たか？』って後部座席に乗っていた友人に話しかけたら……誰も乗っていなかった、ということもあったみたいです」

乃亜は異界と繋がっている可能性を示唆する怪談を好む。

今回もトンネルが異界への通路になっている可能性を感じているのだろう。

「でもさ、もし僕が消えたらどうすんの？」

私は消えてもいいのだろうか？

「え？　私も連れていってください」

「そんなのできるものかな？」

「わからないですけど、その時はその時です」

「あとさ、仮に乃亜だけいなくなったら運転はどうなるんだろうね」

彼女ははっとした顔をするが、流石に視線は正面から離さない。

周囲もかなり薄暗く、歩行者が飛び出してきたときにはよそ見が命取りになる。

「うーん、なんとか頑張ってください。ハンドルだけ摑んでうまく自然に停止するまで助手席から運転してもらう感じで」

「嘘だろ……できる気がしない。あと帰りが無免許になっちゃうな」

「レッカー呼びましょう」

「ここまでどうやって来たの？　って訊かれるんじゃないの？」

「同行者が消えましたって言ってください」

「信じてもらえる気がしないけどなぁ」

「じゃあ、私が異界に引きずり込まれる時に米田さんも一緒に連れていっていいんですか？」

「それはそれで困るんだよね。無免許運転の前科がついちゃうの嫌だけど仕方ないか。レッカー呼ぶしかないね」

「ツレないですねぇ。じゃあ、もしそうなったらレンタカーは返しておいてください」

「面倒くさいけどわかったよ」

彼女が機嫌良く微笑《ほほえ》んでいる。

くだらない話だし、異常なデートだ。まっとうな大学生と大学院生のデートではない。

だけど、こんな奇妙な時間が幸せな時間だったのだ。

それに気づくのは手遅れになってからなのだが――。

「そろそろ着きますよ」

私たちの乗った車は随分と遠くまで来たようだ。周囲に民家がないどころか真っ黒に染まった山しかない。

車はゆるやかな傾斜を力強く駆け上っていく。

「あれか」

「そうです。あのトンネルです」

「あまり雰囲気の良い場所だとは思えないね、やっぱり」

「心霊スポットですからね。さ、行きますよ。オカルト現象見逃さないでくださいよ」

「こういうの自分から積極的に探して見つかるものでもないでしょ」

私たちの車はトンネルの中へと進入していく。

オカルトスポットの取材は少し空気が薄くなったような違和感を覚える。

乃亜も私も口を噤《つぐ》み、じっと正面を見つめる。

きっと何も起こらない。オカルトスポット取材なんてそんなもんだ。簡単にオバケに遭遇するようなもんじゃない。

トンネルは長く、無言でずっと外だけを眺めていると自分の身体の輪郭や皮膚の感覚を意識するようになってくる。

古い車だが、中身は取り換えられているのかクーラーの利きが悪いということはない。シートはあまり人間工学的なことを考えられているようには思えないが、決して窮屈ではない。

快適だ。

快適のはずなのだが……どことなく不快だ。

人によってはこれを霊感といったりするのかもしれない。

「そろそろ出口ですね」

「そのようだね」

「どうでした？」

「長いトンネルだし、これは無言でいるとすごく長く感じるね」

「そうですね」


バンッ！


「っ」

「うわっ」

私は思わず声を上げた。と同時に身体が軽く浮く感覚が来た。そして、今度はゆっくりとシートに背中が叩きつけられる。

乃亜が急ブレーキを踏んだのだと理解するまでに少し時間を要した。

だがそれは一秒か二秒かそのくらいだったのかもしれない。

体感時間の歪《ゆが》みと脳が揺さぶられたことに眩暈《めまい》がする。

「大丈夫ですか？」

「あぁ」

「何か轢《ひ》いたかもしれません。よく見えなかったんですが」

たしかに何かしらがバンパーにぶつかったようだ。

それが何なのかはわからないが。

「路肩に停めよう」

「はい」

乃亜はゆっくりと車を路肩に寄せて停止させる。

「外見てくるよ」

「すみません、お願いします」

タヌキか何かだろうか。イノシシならこの程度ではすまないだろう。

私は車を降りると、スマートフォンの懐中電灯機能を使って足下を照らす。

「なにもないな」

車のバンパーには傷ひとつなく。辺りには動物の死骸も血の痕《あと》もない。

「ん？」

ボンネットに凹みがあるような気がして、近づいてみるも特に傷は見当たらなかった。

どうやら何かを轢いたりぶつかったりしたわけではなさそうだ。

私は念のため何枚か写真を撮ってそのまま車に引き返した。

「どうでした？」

「何もなかった。気のせい、かな？」

「心霊現象ですかね？」

乃亜の声が徐々に明るくなってくる。

さすがに生き物を轢いた可能性を考慮せずに、オカルトだなんだと騒がないだけの分別のある人間だが、どうやら何も轢いていないらしいとなると途端にオカルトマニアの顔が表に出てくる。

「そうかもしれないし、そうではないのかもしれない」

「でも異界に行けるとかそんな感じではなかったですね」

「そうだね。でも何もないよりは全然マシだね。実際にちょっと奇妙な体験はできたわけだし」

「楽しかったですね」

「これを楽しいというのかどうかは僕にはちょっとわからないな」

「そうですか？　米田さん、楽しそうですよ」

「君がそう言うなら……そうなのかもしれないね」


「今日は泊まっていってください」

乃亜の誘いを受け、私たちは彼女のマンションへと帰っていった。

彼女がシャワーを浴びている間、私は先ほど撮ったボンネットの写真を見つめる。

たしかに動物の死体も血痕も車の傷もなかった……。

だが……フロントガラスの端とボンネットに手形が残っていたのだ。

この手形はレンタカー業者の手の汚れなのかもしれないし、何か怪異のようなものが私や乃亜を〝向こう側〟に連れていこうとしたのかもしれない。

私にはなぜか後者としか思えなかった。

それがとてつもなく不安で寂しくて、なんとも言えない不快感があった。

だからこの手形のことを彼女に言うことは憚《はばか》れたし、けっきょく言うことはできなかった。

そして記事にもこのことは書かなかった。

第四章

九月になると怪談の投稿が減る。

やはり幽霊が出るのは夏なのだろうか。まだ気温は三〇度を超える日が続いているのだから、幽霊ももう少し粘ってほしいところである。

――商売あがったりだ。

なんてことを思ってみたりする。

「おい、米田」

今月の新刊パブ見本の梱包作業をしていたところ、編集長からお呼びがかかる。

私は作業の手を止め、編集長のデスクに向かう。

「なんです？」

「今月の記事読んだよ、これお前的には何点？　一〇〇点満点で」

私は胃の奥に沈む澱《おり》のようなものがふわりと舞うような心持がした。

「嫌な訊き方しますね」

――素直に面白くないと言えばいいのに。

「前の職場でも部下によく言われたな、それ。で、何点？」

「七〇……いや、六五……とか」

「五〇点だな、こりゃあ。どっかで聞いたことあるような話ばっかりだ。オカルトスポットも擦りに擦られた平将門《たいらのまさかど》関係だしな」

「すみません」

　とはいえ、投稿に良い怪談がなかったのだ。

　あるものでなんとかしなければならない。それが仕事だ。

　だがライターとはいえ、基本的にはアルバイト契約なのだ。つまらないと言われても困ってしまう。

「このご時世に固定電話が鳴ったり、助手席から幽霊の道案内の声が聞こえたりってのはリアリティがないというか古いよな、やっぱ。今時、スマホとカーナビだかんなぁ。中高生の間で噂になってるＡＩに言ってはいけない言葉特集なんかはすごく良くできてたと思うんだが……」

「そうですか」

「書き換えようと思わなかったのか？」

「思いませんでした」

　私ははっきりそう答えた。

　実話怪談を実際に取材したり、現場の写真も一緒に掲載することで他のオカルト雑誌と一線を画すリアルな記事にしようというコンセプトのページなのだ。多少の脚色はするが、書き換えるほどのことはしない。

むしろ、そんなことをしたら編集長が怒るではないか。

「自分で怪談を創作しようとは？」

「それも実話怪談ではないですからね。それだったら古典の特集とかやりますよ。玉藻前《たまものまえ》の殺《せっ》生石《しょうせき》の話とか。図書館で文献探してきて、それを引用して、実地に行って写真撮ってとかで」

「ふむ……お前は作家やライターよりも編集者向きだな」

「そうなんですか？」

「俺は元々ラノベレーベルの編集長だったからな。わかるんだよ。お前はいい編集者になるよ」

「ありがとうございます」

「話が逸れたな。今月の記事がつまらんって話だ。だがお前は演出で劇的に記事を面白くできるタイプじゃない。となると……」

「どうしましょう？」

「実際に体験したことなら面白く書けるんじゃないのか？」

確かにそうかもしれない。

「ただ、僕あんまり書けるような心霊体験とかしたことないですけどね」

まったくないこともないが、取材中に奇妙なものを見た話はもう記事にしてしまっている。

「別に実際に幽霊見なきゃ記事書けないわけじゃないだろ。奇妙な建築物とか奇祭とか取材に行って面白い体験してくりゃいい」

——良い怪談やオカルトネタが送られてこないのであれば、自分から怪談を迎えに行け、と言っているわけだ。

「してくりゃいいって簡単に言ってくれますけど、取材費出してくれるんですか？」

「ん？　そんなもんはないぞ」

「じゃあ、関東近郊ですか……」

私はネットやオカルト系書籍でまだあまり取り上げられていない場所を探す手間を考え、少し憂鬱な気分になった。

——八王子《はちおうじ》あたりでも行くか。

「いや、地方のスポットもいけるだろ。取材費はやらんが、別のものをやる」

「なんですか？」

この時点で私はもう完全に予想がついていたが、訊かないわけにはいかないので嫌々尋ねる。

「夏休みをやる」

「……なるほどね。まぁ、そうでしょうね」

「大学生の夏休みって九月いっぱいまでだろ？」

「そうですね」

「親に金もらって帰省するか、ここで稼いだバイト代使って友達や彼女と旅行にでも行ってこい」

——そうなるよな。

「わかりました」頭を下げた。「ありがとうございます」

「雑用のことは気にすんな」

営業の東さんと経理の杉本さんが編集長に見えない角度で不愉快そうに顔を顰《しか》めた。

編集長しか得をしない提案だが、それしかないのも事実だった。

誰もが不快感を露わにはしながら、反論はしない。

ただ、私は一つだけ気になっていることがあった。

「一つだけいいですか？」

「なんだ？」

「あのツチノコと河童《かっぱ》とＵＦＯのローテーションでやってる探索記事はどうするんですか？」

そう、私の記事の出来はあまり良くなかったかもしれない。

だが一年通して『〇〇県の奥地でツチノコ発見か⁉』のツチノコの部分を差し替えるだけで毎回同じ内容で掲載しているあのゴミ記事はどうだというのか。

「あぁ、あれか？　あれもいつまでも同じことばっかりやってても読者が飽きちまうからな。今回はニホンオオカミでいく」

——納得いかねぇ。

「わかりました。では、来週一週間お休みいただきます」

帰省はしたくなかった。

親兄弟に対して思う所はないのだが、取材をするとなると必然的に親戚や旧友たちにも連絡を取らなければならない。

私の地元は村意識が非常に強く——行政区分は「村」ではないが——その地で生まれ育ったにもかかわらず私のような地元愛が薄い異物に対しては当たりが強かった。

地元の国立大学に進学せず、東京の私立大学に行くことが決まった時、高校教師からもまず「おめでとう」などといった祝いの言葉ではなく、東京の私立なんて、金をかけて遊びに行くようなものなのだから、親御さんにちゃんと謝って親孝行しておけと言われたくらいだ。

それは私の中で今でも呪いの言葉として残っている。

あるいは本当に私のようなその土地に根付かない者を追い出し、近づけないための呪言のようなものとして無意識的に伝わるものなのかもしれない。

私は親兄弟以外の誰からも祝福されることなく、旅立った。

それが就職活動をしていないどころか留年が確定した状態で、出版社でアルバイトをしながら怪談ライターなどと名乗っていることが近所に知られようものなら、鬼の首を獲《と》ったかのように騒ぎ立てられるだろう。

それは両親に少なからず迷惑をかけてしまうことになる。

両親は都会に憧れを持っていたため、私の進学先が東京に決まったことはとても喜んでくれたし——東京に遊びに出る口実ができたため——地元では名の通った会社の役員を務めていた。そういったこともあり金銭的には欠片《かけら》ほども迷惑だとは思っていないらしいが、陰口を叩かれる要素を身に纏《まと》って帰省するのは気がひける。

母親は電話越しに私を罵倒するが、どうやらご近所に対しては、東京に行った自慢の息子で通している節があった。

私が多少アホでも、社交的な弟が地元国立大学の医学部に進学してくれたため、プラマイプラスだろうと思ってはいるが、息を潜めておくにこしたことはない。

この時期にやっている奇祭を探すか、アングライベントに潜入するのが一番だろう。

——北の方にでも行こうか。

私は当たりをつけると行き先を探し始める。


「先輩の部屋ってうっすら寒いっすよね。なんか薄暗いし」

「ね。私もそう思います。だから、いっつも米田さんって私の部屋に入り浸ってるんですよ」

スマホ片手に来週の行き先を探していたところ、私の部屋で据え置き機のゲームに興じる山城と乃亜が私の部屋に愚痴を垂れている。

二人を無視して、青森のイタコやカミサマと呼ばれる霊能者を取材するか、即身仏でも見に行くかと考えていた。

「夏場はいいですけど、冬とかめっちゃヤバくないすか？」

「もう冬になったら、一緒に住んじゃいましょうか？　うちのマンション、床暖房もついてますし」

――床暖房もついているのか。それはちょっと心が揺れないでもない。

「ってか、先輩たちって付き合ってるんですか？」

私はようやく返事をする気になった。

「付き合ってないし、一緒に住まないよ」

「先のことはわからないですからね」乃亜が真顔で言う。

冗談なのかなんなのか。

「下がガレージになってるから、冷たい空気が部屋の下に溜まってるんだよ」

「それでなんかひんやりするんすね」

「夏場はあんまりクーラーの温度下げなくても平気なんだけど、冬場は確かに暖房点《つ》けないと外と変わらないね」

「でも、室温以外にもなんか変な感じはしますよね」

乃亜がやはり真顔で言う。

「何だよ、変な感じって？」

「佐倉先輩、変なこと言うのやめてくださいよ。俺そういうの苦手なんですって。実際なんとなく不気味な感じはしますけど」

「いや、でも本当にこの部屋なんか視線……感じません？」

私は乃亜の言うことに心当たりがあった。

「あぁ、それは覗《のぞ》かれてるからね」

「「え？」」二人の声が重なる。

「ベランダの塀の向こうって隣のマンションのゴミ捨て場なんだよ。で、ちょっと背伸びしたり、ジャンプするとこの家のベランダと家の中見えちゃうんだよね。カーテン閉めてれば見えないんだけど」

「覗く人いるんですか？」

「いるねぇ、何度か目も合ったよ。隣のマンションの管理人。いつも目が血走ってて気持ち悪いよ。ベランダに洗濯物干してるときとかたまに声かけてくるからね。僕としてもさ、下着とか干してる最中にゴミ捨て場から顔出して挨拶されるのは気持ちのいいもんじゃないなって思うよね」

「そうなんですね……なんか怪異的なものじゃないけど、けっこう怖いですね」

乃亜が憂鬱そうに言う。

「妖怪みたいなオジサンってのがね。いや、美人でも怖いんだけどさ」

山城が立ち上がり、レースのカーテンを少しだけ開けて、外を覗き見る。

「うわっ」

「あぁ、いた？」

「いました。鼻から上出してこっち見てます」

「気持ち悪いよな。あの管理人のせいで、隣の部屋とか結構入れ替わり激しいんだ。女子大生とか入ることもあるんだけど、だいたい一年保《も》たないね。まぁ、今ゴミ捨て場の掃除でもしてんだろ。すぐに引っ込むから放っておけばいいよ」

「よくこんなところ住めますよねー」

山城が怯《おび》えたような声を出す。

「三角形のいわく付きに住んでたやつが何言ってるんだよ」

――自分のことをどれだけ高い棚に上げてるんだ。

私は思わず笑ってしまった。

「大学から近いし、家賃が安いからね。ま、幽霊が出るよりマシだよ」

「それは本当に先輩の言うとおりっすわ。引っ越してよかったー。風水とかってあれ多分マジで効果ありますよ。俺、引っ越してから彼女できたりとかいいことばっかですもん」

「じゃあ、そろそろ山城はもう幽霊が出ない家に帰りなよ。彼女と楽しいことしてればいいだろ」

「冷たいこと言わないでくださいよ。彼女は今日バイトで俺寂しいんすよ。せっかくだし、三人で一緒に晩飯食ってから解散にしましょ？　ね？」

――仕方ないな。

「晩飯食べたら、二人ともちゃんと帰れよ」

二人は口を揃えて「はーい」と返事をした。

ただ、私は彼らに一つ言っていないことがあった。実際に姿を見るようなことはないが、隣のマンションの管理人がいない時でもたまに窓の外から視線を感じるということを……。

「ところで先輩、さっきから何してるんすか？　ずっと何か調べてますよね？」

「あぁ……そういえば、僕来週から一週間バイト休みもらったんだよね。明日あたりからしばらく留守にするから」

「え？　どのくらい留守にするんですか？」

乃亜が尋ねてくる。

「一週間くらい。来週の土日には帰ってくるよ」

「帰省とか旅行ですか？」

「帰省はしないよ。旅行は旅行だけど、頭に〝取材〟がつくやつね」

「それ、私が一緒に行ってもいい取材ですか？」

間髪を容《い》れない質問に私はひるんでしまう。

「え？　来る気なの？　別に君が興味持ってる異界への入り口とか神隠し系の行方不明事件に関する怪談取材とかじゃないと思うけど」

「思う？　思うってなんですか？」

眉根を寄せ、早口でまくしたてる。

その剣幕にややたじろいでしまった。

「いや、休みもらって地方に取材に行くことになったんだけど、行き先はまだ決めてないんだよ。奇祭とか、正体不明の変な建築物とかないかなーって思って調べてたところだから」

「なるほど。でもなんでわざわざ地方に？　面白い怪談の投稿とか都内にいい場所ないんですか？」

「この時期は幽霊や怪奇現象も遅めの夏休みらしくてね。いい相談や投稿がなかったから、こんなことになってるんだよ」

「そうなんですね。私の方もたしかに今はそんなにいいネタないです。雑誌に投稿したりとか考えたことなかったんですけど、最近は噂とかも不作かもしれないですね」

「そんなわけで、地方であんまり他の雑誌とかネットで取り上げられてないマイナーで面白いもの探しに行くんだよ。ま、今のところ何もアテがないんだけどね」

「そうなんですか……」

私は佐倉乃亜との距離を測りかねていた。

連絡先を交換したあの日から、私たちはお互いの家を行き来する協力者となった。

友人以上と言ってまったく差し支えないと思う。

深夜に二人で墓地やトンネル、廃墟《はいきょ》を探索し、家を行き来し一緒に過ごす時間が増えて、好意を持たないままいるというのは難しいものだ。

だが、やはり旅行に連れて行くことにはやや抵抗がある。

もはや異界に行きたいなどとほざく変人だからという最後の理性を保つための言い訳の壁が崩れ、二人の関係がよくも悪くも変わってしまいそうだからだ。

すると、私たちの話を黙って聞いていた山城が口を挟んでくる。

「ちょっといいっすか？」

「なに？」

私はろくなことを言わないだろうと露骨に訝《いぶか》るも、彼は意に介する様子もない。

相対する人間の威圧や威容に気づかない——もしくは、そのフリができる——というのは一つの才能だろう。

本心を言えば、私は彼のそういった馴れ馴れしさが嫌いではなかった。

なぜなら私は友達が少なかったからだ。

サークルには所属しているものの、途中から奇妙なバイトに明け暮れ、同期たちが就職活動を始め、大学にも来なくなってしまったので遊び相手が激減している。多少変わり者であってもこうして遊びにきてくれるのはありがたかった。

「その集落でしかやってない変な祭りとかでいいんですよね？」

「うん、まぁ、そうだね」

「じゃあ、一緒に行きますか？　実は俺も来週から実家に帰省しようかと思ってるんですけど、うちの地元でなんか変なしきたりというか祭りみたいなのやってんですよ」

「え？　そうなんだ？　そういえば、山城の出身ってどこだっけ？」

「言ってませんでしたっけ？」

山城が口にしたのは、奇《く》しくも私の地元と同じ県の北部の山間《やまあい》にある村の名だった。

私は田舎の中では都会に属する南部地域の出身であったため、山間部の地理にはあまり詳しくないが、聞いたことくらいはあった。

「出身県、僕と同じだったのか」

「先輩と同郷だったんですね。いやー、奇遇だなぁ。運命感じますね」

「私はすごく疎外感があります」乃亜が口を挟む。

「いや、そんなことで疎外感とか感じるなよ。ってか、山城と同郷で運命とか別に感じないから。気持ち悪いだけだから」

「え、先輩そんなこと言わなくても……」

二人してまるで今にも泣き出さんばかりに戦慄《わなな》いた。

私は一人でいる気楽さと、この二人がいる面倒くささを天秤《てんびん》にかけながら慰め、山城が口にした祭りについて尋ねるのだった。

「そういえば、山城の実家があるあたりってかなり山奥だよな。奇祭なんてやってるんだ？」

「そうなんですよ。地元にいた頃って別にそんなに変なことだと思ってなくて、どこにでもあるもんだと勝手に納得してたんですけど、街の方の高校に進学してはじめて余所《よそ》ではそんなことやってないって知ったんですよ」

「へぇ」

同じ県の出身者にも山城が住む集落で行われている祭事は奇妙なものに思われたという。

「ただ、俺も詳しくはあんまり知らないんですよね。変なのはわかるんすけどね」

私と乃亜は首を傾げた。

「なんで山城が詳しく知らないんだよ？」


山城からは大した情報は得られなかったが、簡単に言うとこういうことだった――。

彼が住む集落はかなりの田舎であり、周囲は山に囲まれ、道は入り組んでいる。

住人は老人ばかりで、いまだに汲み取り式トイレが残っており、ネット回線が通っていない家庭もある。

その集落では年に一度、祭りに参加する大人の男以外の人間が家から決して出てはならない日というのがあるという。

〝子供と女性はオバケに攫《さら》われるから〟というのがその理由であり、山城は幼心に大人だけが何か美味《おい》しいものを食べていたり、いかがわしいことをしているに違いないと思っていたという。

だが山城が中学を卒業し、高校生になっても、両親はその日になると同じような説明を続け、山城はどうやら周りの大人たちが本気でオバケに攫われるから祭りの参加者以外は外に出られないと思っているらしいことに気づいた。

魔除《まよ》けを玄関の前に置き、家に閉じこもる。そして祭りの参加者だけが外で何か儀式を行うらしい。

〝らしい〟というのは、山城は早生まれであり、祭りへの参加資格を得る十八歳になってすぐに上京したため、結局どのような祭りなのか聞くことがなかったからだ。

「上京したから、祭りの内容教えてもらえないなんてのは聞いたことないですし、祭りに合わせて帰省する兄ちゃんとかいたんで、たぶん取材はできると思いますよ。俺ん家《ち》に泊まれば、宿泊費もタダですから。どうっすか？」

彼の提案はとても魅力的に思えた。

すとんと首肯しようとしたところ——。

「佐倉先輩も一緒にどうです？」

「ぜひお願いします。三人で旅行、楽しみですね」

返事をする前になんとなく確定してしまい、私はただ曖昧に笑うだけだった。

だが本音を言えば……彼らと旅行に行くことはちょっと嬉しかった。


「明日からの旅行楽しみです」

乃亜は子供のように荷物を振り回しながら言った。

レジ袋のがさがさという音が夜闇に吸い込まれていく。

「君のは趣味だけど、僕は仕事だからね」

私たちはまたいつものように、深夜に出かける。

家が近いこともあり、最近はこれといった用事がなくてもなんとなく会って、食事をしたり、近所の散策をするのだ。

昼間にお互いの家を行き来することはあっても、なぜか外に出るのは夜だった。

この日は旅行に必要なものを深夜営業のディスカウントショップに買いに行っていたのだが、私たちが集合したのは日付が変わってからだった。

「米田さんの仕事も趣味みたいなものじゃないですか。アルバイトなんだし、もっと肩の力抜けばいいのに」

たしかに彼女の言うとおりだ。

私の仕事はあくまで学業の傍らに小遣いを稼ぐ程度のものだ。親からの仕送りがあるのでバイトをしなくても生活に不自由はない。

自分でも不思議だった。

なんにでも手を抜くことに定評がある私があまり手を抜いていない。

「趣味みたいなものだから頑張れてるのかもね」

「大学は単位落としまくりですもんね」

「うるさいな。今年はとりあえず前期で落とした単位はないし、一年半後には卒業するつもりでやってるよ」

彼女に言われるまで何とも思わずに、学業を疎《おろそ》かにして、アルバイトに精力的に取り組んできたが、私はやらなければならないことは真面目にやれず、やらなくてもいいことには本気になってしまう性質《たち》なのかもしれない。

「卒業、するんですよね？」

「そのつもりだね」

「そしたら、バイトも辞めちゃうんですよね？」

「辞めるだろうね」

乃亜はいつまでも大学院に居座るつもりなのだろうか。

彼女の不安げな顔はまるで自分は卒業するつもりがないかのようだった。

私は彼女にとってもまた数少ない友人なのだ。

就職して疎遠になってしまうことを想像したのかもしれない。

「でも、私……米田さんがちゃんと就職するとは思えないんです」

神妙な顔で冗談を言われ、私の表情はおそらく笑うでも怒るでもない歪《いびつ》なものになっているだろう。

——鋭いではないか。

「余計なお世話だよ。僕自身ですら自分を信じることができていないくらいだ。でもやらなきゃいけないんだから一応はやるんじゃないの？　知らないけどさ」

「まるで他人《ひと》事《ごと》ですね」

「未来の自分なんて他人だよ」

「そうかもしれません」


私たちはどちらからともなく公園のベンチに並んで腰かけた。

大通りから一本入ったところにあるからか、深夜に徘徊《はいかい》する泥酔した大学生やサラリーマンもいない。

「静か、ですね」彼女が言った。

「いや、煩《うるさ》いよ」私はこう答えた。

私が生まれ育ったところが、東京と一番違うところは夜の音だと思っていた。

あそこは暗くて静かだ。

どちらかといえば都会――田舎の中では――に類する町でも、夜道を歩くときは自分が独りぼっちであることを強く意識したものだ。

同じような夜道の怪談でも東京では光や音に紛れ、田舎では暗闇の中を息を潜めて近寄ってくるようなイメージがあった。

「私、煩かったですか？」

彼女は自分が煩いと言われたのだと勘違いしたようだ。

私はすぐに否定する。

「いや、そうじゃないそうじゃない。僕の地元だと夜はもっと暗くてずっと静かだったんだ」

「私、東京生まれ東京育ちなんで、今でもすごく静かに感じます」

「僕もいつかそんな風に感じるようになるのかもしれないな」

「そうなるといいですね」

「いいかなぁ」

こんなに周囲の家が明るくて、車や生活音が肌で感じられる状態を静かだと思えるのが良いことだとは思えなかったが、否定はしきれなかった。

地元に戻るつもりはない。いずれは地元で過ごした年数よりも、東京での生活が長くなるだろう。田舎に対して愛着があるわけでもないのに、田舎は都会と比べてどうだったと言い続けるのは滑稽かもしれない。

「米田さんって、あんまり私のこと訊かないですよね」

「そうかな？」

そうかもしれない。

「人に話を聞いて記事を書く仕事なのに自分からは全然訊こうとしないです。映画とかゲームの話はしますけど。山城さんに対してもそうです。生い立ちとか家庭のこととか訊かないんです」

「相手が話したがる時にはスムーズに続きが話せるように促すけど、自分の興味本位で他人のことをあれこれ詮索するのは、面倒だからね」

「面倒、ですか？」

「うん。だって、仕事でもなければ必要があるわけでもないのに、相手のことを訊き出そうとするってことは、お互いの距離を縮めていくってことだろ？」

「そうかもしれません」

私は彼女の横顔を見つめる。いつかと同じような表情だった。小さな口で何かを咀嚼《そしやく》するようにして考え事をしている。

木製のベンチが体温でぬるくなっていく。

「あのさ……」

彼女の思考を遮って、話しかける。

「はい」

「乃亜はどうして異界に行きたいと思ってるの？　もしよかったら……だけど、僕に教えてくれないかな？」

乃亜ははっと顔を上げる。

頬を紅潮させ、今にも泣き出さんばかりに戦慄いた。

だが、それが嫌悪によるものでないことはわかっていた。

そして彼女は俯《うつむ》きがちに訥々《とつとつ》と語り始めた。


佐倉乃亜の話は私の想像の斜め下を転がり落ちていくような奇妙なものだった。

そもそも両親に関する記憶が靄《もや》がかかったように思い出しにくく、当時の自分の日記が主な情報源だというところからおかしな話だった。

その日記によると——。

彼女は東京生まれ東京育ちで、あまり意識をしたことはないそうだが、今思えばそれなりに裕福な家庭で育てられたという。

両親もまた私たちが通っている大学の卒業生であり、父親は大学に残って研究を続け、母親は税理士として日々忙しく働いていた。

そんなある時、父親がアメリカの大学にサバティカルを利用して一年程研究のため滞在することになった。

母親は父親と共に渡米したいと思っている節があったようだが、仕事が忙しく、また幼い乃亜のことを慮《おもんぱか》って日本に残る決断をした。

たった一年のことなのだしそれぞれ休暇には会いに行くということで、父は単身赴任をすることになった。

幼心にも二人が愛し合っているのは十分伝わっていたし、自分もまた両親を愛し愛されていると感じていたようだ。

だが乃亜は両親を等しく愛していたが、彼らのそれは配分が均等ではないことを知ることになる。

母親と二人で過ごした一年は平和なものだった。

しかし、父親が帰国してから、家族は以前と似て非なるものになってしまった。

父親はもともとどこか神経質なところがあったのだが、異様に「死」を恐れるようになっていた。

その時は父の状態をただただ不気味に思っていただけのようだが、今思えば「死恐怖症《タナトフォビア》」だったのだろう。

それは母親にも伝染していくことになる。

一家三人はこれまでと同じように学校に通い、仕事場に通い、一見すると普通の家族のように振る舞ったが、いつも何かに怯えるようにして生きた。

そんな日々が一年ほど続いた後のこと。

父親がある日こう言った――。

「呼ばれた」

母親と乃亜はいったい誰に呼ばれたのか尋ねるも、彼が何を言っているのかまったく理解できなかった。

異様な目の輝きは何か悪魔のようなものに魅入られているようだったという。

数日後、父親は姿を消してしまった。


それだけならまだよかったのかもしれない。

夫を失った乃亜の母親は憔悴《しょうすい》することもなく――していたのかもしれないが、乃亜の目の前ではまるで何事もなかったかのように振る舞っていたらしい――かつて、父親がアメリカにいた時と同じような生活が再び始まった。

　と思っていた。

だが、そうではなかった。

父親はどうやらパソコンの中に何かしらを残していたらしい。それが日記なのか研究データなのかはわからない。

乃亜はある日、母親に父の書斎に呼ばれる。

母は目を輝かせ、こう言った。

「私も呼ばれた」

「誰に呼ばれたの？　なんて？　どういうこと？」

必死に母親の言う言葉を理解しようと努力したがそれは支離滅裂でまるでわからなかった。

母が「呼ばれた」と告げた日から、どこにも行ってしまわないように、数日間ろくに睡眠もとらず、学校すら休み、ずっと近くにいて見張っていたそうだがふと気づいたらいなくなっていたという。

　パソコンはハードディスクが抜き取られ、母が何を調べていたのかは手がかりすらなくなってしまった。

　もともと自分が生まれた時から一人暮らしだったような気がしてきた彼女は寂しいという感情を抱くこともなく、抜け殻のようにして生きていたが、連絡が取れないことを不審に思った親戚が訪ねてきて、乃亜が一人残されたことが判明した。

親戚が警察に捜索願を出したものの、飛行機や新幹線のチケットを購入した形跡もなく、キャッシュカードやクレジットカードの利用もなかった。

そもそも周囲の人間が誰も彼らを探そうともせず、なんとなくそんなこともあり得ると決めつけており、捜索願もなし崩し的に出されたのだった。

結局、父親はどこかで命を絶ち、母親は彼の後を追った……と結論づけるしかなかった。

乃亜は二人が失踪に至るまでの経緯を我が目で見ていたはずなのだが、ぼんやりとしか思い出せず、当時の日記を読んでも他人事のように感じてしまうらしい。

母は父の遺《のこ》した何を見たのか。二人はどこに行ってしまったのか。二人はその先で幸せに暮らしているのだろうか。

ずっとそれを考え続けている。

そういった経験が今の彼女を形成しているのだった。


私自身もまた聞きではあるものの、このパターンの話は取材で出逢ったことはある。

ある日、家族や知人が突然何かしら――世界の真理や身の危険等――を匂わせながらこの世を去る。

そして共鳴するように周囲の人間も姿を消すというものだ。

特定の精神状態の人間を自殺や失踪に追い込むサブリミナルが、意図的ではないにしろ遺書や身の回りの何かしらに組み込まれてしまっていたのではないか、だとか仮説は幾らでも立てることはできるが、真相はわからない。そもそも最初の一人が何に気づいて姿を消したのかすらわからないのだから。

　しかし、まさか実体験者がこんな近くにいようとは。

「なるほど……ね」

「こんなことがあったので、科学とオカルトの両方からのアプローチで両親の失踪を理解したいと思ってるんですよ」

「成果はあるの？」

「正直、科学的な方法で探すのはほぼ諦めてます。二人の足取りがこの監視社会でまったくつかめないなんて、世界から存在ごと消えたとしか思えません」

「それでオカルト？」

「正確に言うと、私はオカルト的な現象も科学的に証明できると思ってます。ただ、今の知識や技術ではやはり手も足も出ないというのが結論というだけですね。私は世界にはもう一つ同じような世界のレイヤーが重なっていて、特定の条件で重なりが強くなったり移動したりして、私たちの目には異界や幽霊として映ると考えています。で、あれば両親に起きた出来事に似たような怪談や、ヒントになりそうなオカルトスポットに足を運ぶ方がいいかなと。私たちがオカルトだって言ってることも数年後になれば、技術的に再現できたりするかもしれないですけどね」

「あぁ」

彼女が言いたいことはわかる。

いつかは科学が追いついて謎が解ける日が来るかもしれないし、その努力を止めることはないが、オカルトが先を行くならそちらに寄りそう方が早道かもしれないということだ。

これまで彼女のことは理解も共感もできなかった。

だがこうして会話を重ねていくとどんどん彼女のことが理解できてくる。

理解が進むと感情にも変化が訪れる。

好意とも嫌悪ともつかない宙ぶらりんな気持ちは何度も変質を重ねた。

しかし彼女に寄り添い、こうして話を聞いたことで私の彼女への感情は結晶化し、それを拒むことはできなくなっていた。

旅行に行く前に好意を認めざるをえなくなるとは思いもよらなかったが、仕方ない。

諦めよう。どうやら私は彼女のことが好きらしい。

私の気持ちが近づいてきたのを見透かすように彼女がじりじりと物理的にも距離を詰めてくる。私はそれを受け入れる。

そして……どちらからともなく互いの手を取り、私たちは一つのベッドで夜を明かした。


「米田さん」

「ん？」

「私、死んだり、生まれ変わったりしても傍にいていいですか？　鬱陶しくないですか？」

「鬱陶しくないよ。死んだら僕の傍でもどこでも好きなところにいていい」

だがこの時、私は本当の意味では彼女のことを理解できていなかった。

彼女の言うことが比喩ではないということに気づくべきだった。

心の底から〝ずっと一緒にいる〟つもりだったのだ。

真意がわかるのはまだ先のことで、理解した時にはすべてが手遅れであった。

第五章

私と佐倉乃亜は、山城龍彦に指定された待ち合わせ場所——都内の某駅前ロータリーで鞄《かばん》を抱えて立っていた。

ようやく始発が動き始めたくらいの時刻にもかかわらず、足元から弱火で炙《あぶ》られ、頭が煮え立つような錯覚を覚える。

「私、暑いの苦手です」

「僕もだ」

私たちのここ数分の会話はだいたいこのやりとりが占めていた。

熱が二人の頭を悪くしている。

小中学生の頃は九月にここまでの苦痛を覚えることもなかったと記憶している。

こんなに暑いのであれば、幽霊もまだ夏だと判定してもいいではないかと思う。

「僕が子供の頃と比べると季節が変わってきてる気がするよ。十月くらいまで夏でいいんじゃないかな、もう」

「そうですね、私もそう思います。というか、春は四月だけで秋は十一月だけ。あとは夏と冬ですよね」

「あー、たしかにそんな感じだね」

「私思うんですけど、みんながもっと夏が長いって認識するようになれば、怪談の投稿も増えるんじゃないですかね？　なんとなく恐い話って七月八月にするようなイメージだから、そのあたりで起こった出来事は投稿しようって思って、秋になると季節じゃないしってちょっとやそっとの怖いことも見て見ぬフリしちゃうというか」

「それはあるだろうね。雑誌の売り上げも八月が一番良いんだよ」

「これだけ暑かったら、そのうち沢山投稿来るようになりますよ」

「だといいんだけど。いや、そのうちって何年後かはって話でしょ。その頃までこの仕事やってないから」

「どうですかねぇ」

　そんなことを話しているうちに私たちの目の前に一台の車が停まった。

　バス停の手前に停まった黒いバンから、山城が降りてきて、私たちに乗るよう促す。

「お疲れ様です！　さ、乗ってください」

　この時の私と乃亜は相当に嫌そうな顔をしていただろうが、山城はまったく気にするそぶりを見せなかった。

　山城と私の地元はかなりの田舎なので、飛行機か新幹線の二択だという話をしたはずだ。なぜ山城は第三の選択肢を勝手に選んでいるのだろうか。

「私、新幹線で行くんだと思ってました」

「僕もだよ。なぁ、山城さ」

「はい、なんですか？」

満面の笑みを浮かべる彼になかなか正直に伝えるのは気が引けたが、言っておかねばならなかった。

「僕はさ、お前の分の交通費も出すから往復の交通手段の手配してくれって言ったよな？」

山城はボールや骨を拾ってきた犬のような顔で「はい！」と言った。

「えーっと、あー……気遣いができるいい後輩を持ったなぁと思ったんだけど……そうだなぁ……負担かけさせまいとレンタカー借りてきてくれたのは素晴らしいんだけど、先輩としてちょっとカッコつけたい、みたいな気持ちもあるし、そんなにケチるつもりもなかったから……今度からは新幹線でもいいんだよ。グリーン車はちょっと厳しいけど、のぞみの指定席でも全然構わないから」

「光栄です！」

――伝わってねーな。

畢竟《ひっきょう》、私は他人に厳しい言葉を浴びせることには向いていないのだ。

ちょっとした皮肉を言うくらいで精一杯だ。

先輩風を躊躇《ちゅうちょ》なく吹かせられるほど慣れている山城相手ですらこれだ。

背中に乃亜の冷ややかな視線を受けながら、私は車に乗り込んだ。

私と乃亜は後部座席に並んで座る。

いざ乗ってみると思いのほか広々とした車で、なんとか長旅でも耐えられそうな気がした。

乃亜もそうだったのだろう。安堵《あんど》の表情を浮かべている。

しかし、すぐに眉を曇らせ、私の袖を引く。

「ん？」

そして、私は助手席に見知らぬ女性が乗っていることに気づく。

私が話しかけるより先に彼女の方から身を乗り出してきた。

「はじめまして。あたし、古川《こがわ》瑠華《るか》っていいます。文学部の二年です」

肩で切り揃えられている烏羽玉《うばたま》の黒髪がこの季節には辛そうに思えたが、顔立ちも表情も涼しげで、どれだけ暑くても平然としていそうな子だと思った。

そこそこ美人に類するとは思うが、彼女の少し気が強そうな風貌を苦手とする男は多いだろう。私もその一人だ。

人間に対しては、物怖《ものお》じせずに図々《ずうずう》しく距離を詰めることができる山城が付き合う相手というのは合点がいく。

山城が運転席に乗り込む。

「俺の彼女なんです。今回一緒に連れてくんで、お二人とも仲良くしてやってください。瑠華ちゃんも先輩たちに失礼がないようにね」

そう言って車を発進させた。

車中は一瞬全員が自分以外の出方をうかがい、種類が違う魚四匹を放った水槽のような沈黙が満ちた。

私が意を決して口を開く。

「あのさ、山城」

「なんです？」

「古川さんは僕たちがお前の実家に一緒に行くこと知ってるの？」

もし彼女が山城との将来を真剣に考えていて、両親に紹介されるということに何かしら期待を持っていたら、私たちの存在はきわめて迷惑なものだろう。

「あ、それは大丈夫です。あたしが山城君に無理を言って連れてきてもらったので。もともとは先輩たちの取材旅行だってことはわかってました。あたしたち付き合ってますけど、単純に田舎の風習とかに興味があるからで、実家に行くといっても結婚考えてるとかそういうんじゃないので。すみません、ご心配おかけしました」

「察しがいい、聡明な彼女じゃないですか」乃亜が言った。

「俺、今なんかすごいショックで危うく事故りかけましたよ」

山城の地元に用があるのは私たちと似たような理由であり、私と乃亜の存在が二人の仲を妨げるようなものではないということがわかり、車内の息苦しさは緩和された。

私は彼女と仲良くできるような気がしており、乃亜もそれは同様らしい。表情も和らいでいた。

車は東京インターチェンジから高速道路へと入っていく――。

私たちはそれぞれ自己紹介を済ませ、雑談からお互いの間合いをはかる段階まで駒を進めた。これからしばらくの間、行動を共にするのだ。彼女がどのようなことに不快感を覚えるのかなどはそれとなく知っておきたい。

逆もまた然《しか》り。彼女にもまっとうな私が山城と乃亜という変人二人の面倒を見ているという関係性は知っておいてもらいたい。

仕事で鍛えたインタビュー能力によって、警戒させないようこちらの情報を出しつつ、彼女の情報を引き出していく。

乃亜と過ごしたあの夜以降、私は少しだけ積極的になれたような気がしていた。

私たちと同じ大学の二年生である古川はある日、講義で触れた柳田國男《やなぎたくにお》『遠野《とおの》物語』に強く惹《ひ》きつけられ、三年時の専攻選択では民俗学に進もうと思っているらしい。

しかし、フィールドワークに出ようにもどこへ行けばいいのかわからない。

そんな折、恋人である山城から今回の取材旅行のことを聞き、同行を願い出たということだった。

私たちも大学や院でそれぞれ何を専攻しているかや所属するサークルの話をする。

山城が最近サークルに入ったこともはじめて聞いた。

世間の夏休みが終わったこの時期は道路が混むこともなく、車は一定の速度で西へ西へと走り続ける。

　意外にも山城の運転は丁寧だった。助手席に彼女を乗せているからかもしれないが。

　会話が途切れ、気まずくもないが心地よくもない沈黙が訪れたとき、口を開いたのは古川だった。

「あの、米田先輩って怪談雑誌のライターなんですよね？」

　彼女はそう尋ねながら、後ろを振り返る。

「そうだね。バイトだけどね」

「どうやってそんなバイト見つけてきたんですか？　ふつうコンビニとかスーパーとか居酒屋じゃないですか、大学生のアルバイトの定番って」

「代々うちのサークルからバイトを雇う会社なんだよ。別にうちのサークルじゃなきゃ駄目ってわけじゃないんだけど、辞めるときに次の新人を連れてこないと辞められないってことになっててね。実際は辞められるんだろうけど、代々続く風習だしってことで、なんだかんだサークルの後輩の中から向いてそうなのを騙《だま》して生《い》け贄《にえ》にするんだ。他にもサークル内に伝わるその手のバイト幾つかあるんだけど、キツいとかネガティブな噂が広まると次の生け贄が捕まえにくくなるから、一子相伝的に指名された奴以外は実際にどんな仕事かよくわかってない……っていう」

「へぇ、なんだか、それ自体が怪談みたいですね」

「ははは、そうかもね。中には死体洗いとかやってる奴もいるかもしれない」

私のその発言に対しては誰も反応しなかった。

――あれ？　みんな都市伝説知らないのか。

「そうだ、せっかくだし一人ずつ怪談とか怖い話していきません？」

古川が提案してくる。

良いとも悪いとも誰も言わなかったが、なんとなく決定事項であるかのように思われた。

高速道路を抜けるまではまだまだ時間がかかる。退屈してきたところではあった。

「じゃあ、最初はお手本として米田先輩からお願いします！」

「お手本って……僕は怪談を書くことはあるけど、話したことはほとんどないよ」

「まぁまぁ、いいんですよ。こういうのはその場のノリですから」

「私も蒐集《しゅうしゅう》はしてますけど、盛り上がるように上手に話せるかとなると自信ないです」

そう言って、乃亜が私の袖に手を伸ばしかけたが、古川を気にしたのか摑むことなく引っ込める。

「いいじゃないすか、やりましょうよ。このメンツの共通点ってオカルトじゃないですか？」

怖がりのはずの運転手が見栄を張っているのかそんなことを言い、結局のところなんとなく怪談を披露しなければならない雰囲気になっていた。

だが一つだけ言いたいことがあった。実際に口には出さなかったが。

――僕らの共通点は同じ大学だろ。

「先輩たちは話すのが巧《うま》いかどうかは置いておいて、いいネタ持ってると思うんでトップバッターは俺がいきますよ」

山城がそう言うと、車内に聞こえるか聞こえないかくらいの音量でうっすらかけていたラジオを止めた。

「俺が前に住んでたマンションの話でもしようかな」

「え？　本当にあった話なの」

古川が尋ねる。

「そうだよ。そこで起こったオカルト現象がきっかけで俺と先輩たちは知り合ったんだ。ですよね？」

私と乃亜は首肯する。

「へぇ、そうなんだ。聞きたい聞きたい」

そして山城は語りだした。

「上京してきたばかりの時、不動産屋に騙されて辺鄙《へんぴ》なところに家借りちゃってさ――」

山城が上京して間もなく、東京の西端に部屋を借りてしまい、通学が苦痛だったこと。

引っ越した先が三角形の奇妙な部屋だったこと。

そのこと自体は納得していたが、実は窓の外が墓地とは知らなかったこと。そこに赤い服の女が現れ、赤ん坊の幽霊が現れたこと。

つい最近のことだが、私にはとても懐かしく感じられた。

「で、コンビニで米田先輩が記事書いてる雑誌をふと手に取ってさ」

「恐怖体験の後に怪談雑誌なんかよく手に取ったね」

助手席の彼女が言う。

たしかに一般的な感覚からすれば、恐怖体験の後に怪談雑誌を手に取るのは、傷口に塩を塗るような行動に思うかもしれない。

だがオカルト関係の仕事をしているとそうではないことがわかる。

理由を聞くと、それは似たような体験をした人間を探し、どう解決したのかを知るためであることが多い。病院に行って解決するものでもない。誰に訊けばわかるかがそもそも曖昧なのだ。

特に「実話怪談」を謳《うた》っていることから、意外と霊能者や神社仏閣よりも先にこちらにコンタクトを取ろうとする人間も一定数いる。

「で、喫茶店で先輩に会って、赤い服の不気味な女の幽霊が窓の下からこっちを見てるのに気づいてから怖くて夜寝られないから助けてほしいって相談したんだよ」

「へぇ」

赤い服の不気味な女の幽霊本人が私の隣で苦虫を噛《か》み潰したような顔をしている。

運転席からは彼女の表情は見えないだろう。

「米田先輩はそれで山城君のそんな嘘くさい話を信じて、助けてあげたんですか？」

古川に尋ねられ、私は曖昧に首肯する。

「あぁ、まぁ」

「そうなんだよ、先輩がさ『俺にまかせておけ！　そんな悪霊なんて退治してやるぜ！』って家まで来てくれたんだよ」

言った覚えはないが、面倒なので否定しないでおいた。

そして、山城は語り続ける。

「深夜の墓地でこちらを睨《にら》んでいる女の悪霊を見つけた先輩が窓から外へと颯爽《さつそう》と飛び降りる！」

――三階にもかかわらずか。僕の脚はどうなってんだ。

「『悪霊退散！』先輩はポケットからお札《ふだ》を取り出し、幽霊に向かって投げつけた！」

私が霊能力者として覚醒し、悪霊との壮絶な戦いを繰り広げ始めた。

私の隣にいる幽霊本人は熱く語る山城にすっかり引いてしまっていた。

「佐倉先輩はこの話のどこに出てくるの？」

古川が純粋に疑問をぶつける。

たしかに山城の話では乃亜はどういう扱いになるのだろうか。私自身も純粋に興味があった。

「それはこれから話そうと思ってたんだけどさ、実は墓地に立っていた女の人っていうのが悪霊に取り憑《つ》かれた佐倉先輩だったんだよ」

――そうだったのか。

「で、その後ファミレスで米田先輩の解説タイムがあって、俺と佐倉先輩は二人とも米田先輩に心酔してしまったわけ」

「やっぱりお二人ってすごい方たちだったんですね！」

助手席から小さな歓声が上がる。

――こいつは山城のホラ話を信じてるのか？

古川の表情からは本気なのか冗談に乗っているのか判断がつかない。

「まぁ、大筋は合ってるかな。ちょっと大げさな気もしたけど」

「私、あんまりあの時のこと覚えてないから」

私たちは絞り出すような声でそう言った。

運転手でなければ、満足気に頷《うなず》く山城の頭を引っぱたきたい気分だった。

「『怪奇世界』にこの時のことが書いてあるから、東京に戻ったら瑠華ちゃんにも見せてあげるよ。あくまで雑誌の記事だから、先輩の活躍の部分とかはかなり端折《はしょ》られてるんだけどね」

続いて私と乃亜がそれぞれ手持ちの怪談の中から、一つずつ披露した。

私は地元の中学に伝わる怪談を選ぶ。

かつて通っていた中学はなぜか体育館横のトイレの入り口が板で封鎖されていて、それは幽霊が出るからだと噂されていた。

教師に訊いたところ、それは不良が深夜に忍び込んで煙草を吸い、便器に流して詰まるから使えなくしたというもっともらしい理由だった。

同じ中学に通っていた親や親戚にも話を聞いてみると、そのトイレは実際に不良の溜まり場になっており、目をつけられた気の弱い生徒が、煙草の火を押しつけられたりといったイジメを受けていたらしい。

そして、それを苦にした生徒が自殺したという。

しばらくは花などが供えられていたらしいが、彼の両親が町を出てからは誰も花を供えなくなって久しいという。

今でも時折そのトイレに悪戯《いたずら》で忍び込んだ不良が幽霊を見たり、気が付くと腕に煙草の火を押し付けられたような痣《あざ》ができることがあるという噂が絶えない。

実話をそのまま話しただけなのだが、車の中にはなんともいえない陰気さが漂い始めた。

「その話ってそれで終わりっすか？」

「そうだよ。イジメっ子がどうなったかとかはわからない。ただ封鎖されたトイレがあるってだけ」

「なるほど」

みんなの反応はイマイチだった。これでもかなり因果関係のこじつけがしやすいわかりやすい話を選んだつもりだった。

「次は私の番ですね。有名な話だから知ってるかもしれませんが――」

乃亜の話は大学の近くにある公園――うちのアパートのすぐ近くでもある――が旧陸軍の医学校であり、自分たちが生まれる前の話だが、実際に地下から人骨が発掘されたという話だ。

そして人骨の数が名簿と合わないのだという。では、足りない人骨はどこに行ったのか？

人体実験の跡が幾つも発見され、それはとても見るに堪《た》えないおぞましいものだったという。

だが、それだけではなかった。

なんと……医学校の地下に邪神が封じられていて、人を食わされていたという。

残っていたのは、食い散らかされたと思《おぼ》しきバラバラの人骨と記録だけ。

邪神が逃げたのか、どこか別の施設に移されたのかは誰も知らない。

自分たちが通う大学のすぐ近くの話であり、さらに話のスケールが大きいことでファンタジーのように感じられ、前の二人も楽しんだようだった。

「佐倉先輩のお話は面白かったですね。旅行のときはこういう怖い話がいいですね」

古川は悪気があるのかないのか、そんなことを言った。

「ってか、大学とその公園の間にちょうど先輩のアパートありますよね」

山城が前を向いたまま少しだけ声を張る。

「あぁ、そうだね」

「先輩の家の下にも人骨埋まってたりするんですかね。ってか、人骨とか邪神が埋まってるからあんなに薄暗くて寒いんじゃないですか？」

「んなわけあるか。寒いのは下がガレージになってるのと、すぐ隣のマンションの陰になってるからだよ」

「でも、あの距離なら先輩の家の場所まで医学校だった可能性ありますよね」

「それはあるね。でも今のところは邪神に食われてないし、大丈夫じゃないの」

私は若干車に酔ってきたようだったので、酔い止めを飲んで窓の外を見た。

「じゃ、最後はあたしですね。あたしの話は山城君との馴れ初めです」

――怖い話すんじゃないのか？

「米田先輩、怪談じゃないじゃん！　って思いましたね？　ご安心を。ちゃんと怪談になってますから」

「う、うん。そうか」

古川瑠華――彼女は横浜《よこはま》の生まれで、幼稚園から高校を卒業するまで地元から離れることなく、エスカレーター式に進学できる女子校に通っていたという。

「大学生になるまでわからなかったんですけど、結構なお嬢様学校って感じだったみたいです。自分ではずっとそれが普通だと思ってきたことが、大学生になって普通じゃないって徐々にわかってきて、なんか狭い世界で生きてきたんだなって」

私にもなんとなくそれはわかる。

彼女のように当たり前なことが実は世間からしたら贅沢《ぜいたく》だったり高尚だったりというわけではなく、田舎の常識が都会の非常識だった……というようなことだが。

「で、大学は実家から通える距離ではあるんですけど、一人暮らしをして見聞を広めようと思ったわけです。一年の夏休みに両親を説得して、都内のマンションを借りてもらいました」

何度も大げさに頷く山城に対して――運転に集中しろ、と言ってやりたかったが、彼女の話の腰を折ることはできないので黙って話を聞く。

「で、一人暮らしは新しいことばかりでとても楽しかったんですが、二年生に上がってしばらく経ったときから、背後に影を感じるというか夜にコンビニとか行くのが怖くなっちゃったんですよ」

古川のマンションは高級住宅街と呼ばれる地域できわめて治安はいい。

静かでありながらも暗くなり過ぎず、一年近く恐怖を感じた記憶はない。

だが、ある日突然怖くなったらしい。

「あたし、ちょっと霊感ある方なんで、なんか嫌なものがついてきてるなってわかったんですよ。でもまったく心当たりがなくて」

彼女はしばらく実家から大学に通うことにして、横浜に戻った。

そこで、高校までの同級生が自殺していたことを知る。

「身内だけでお葬式したらしくて、あたしや同級生が知ったのはだいぶ後になってからでした」

同級生が自殺した理由は遺書に詳しく書かれていた。

古川は同級生の家に御線香をあげに行った際に読ませてもらったという。

彼女は学生時代にずっと陰湿なイジメを受けており、それ自体は卒業までなんとか耐えたものの勉強に集中できず第一志望の大学には受からなかった。浪人したのだが、過去の記憶が頭にこびりついて勉強に手がつかない。一浪の末にも志望校には入れなかった。そして、心が折れて自ら命を絶つことにしたのだという。

「あたしはその死んじゃった子のこと、友達だと思って接してきたのに、イジメになんて全然気づかなかったんです。そのことがショックでした。遺書にはイジメてた数人の名前と恨みつらみ、そして友達への別れの言葉が書かれてました。あたしのことは親友だって書いてくれてました……でも、友達だとは思ってたけど、親友……とまでは言えないと今でも思ってます」

　薄情ですかね、と言って彼女は力なく笑った。

　そして実家ではなんとなく気配が薄らいだように感じた彼女は再び東京のマンションへ戻る。

「で、ここで山城君が登場するわけですよ」

　あまりの脈絡のなさに面食らったが、私は続きを促す。

「外を歩いていたときに、山城君にたまたま会ったんですよ。で、気づいたんです。山城君と一緒にいると変な気配感じないって」

「多分、米田先輩に除霊してもらったから、俺にもそういうパワーが備わったんじゃないですかね」

　そんなわけない。そもそも除霊もしていない。

「最初は気のせいかと思ってたんです。でも、それからも背後に気配を感じそうになると不思議と山城君と会ってですね。あたしから頼んでしばらく家まで送っていってもらうことにしたんです。で、山城君と付き合うことになったわけなんですけど」

「俺と付き合うようになったら、たぶん幽霊ももう瑠華ちゃんを見守らなくても大丈夫だって成仏したんじゃないですかね」

私はこの話に対しては大いに言いたいことがあった。

山城のストーキング行為が果てしなくポジティブに解釈され続けた結果ではないのかと。

だがそれはまたの機会にしておこうと、口を噤《つぐ》んだ。

ふと隣を見ると、乃亜も眉間に皺《しわ》を寄せている。どうやら、私と同じ推理のようだった。


サービスエリアでこまめに休憩を取りながらではあったが、最後まで山城は一人で運転しきった。

県庁所在地まででも八時間以上かかっているのだが、さらにそこから山奥の山城の実家までは一時間半を要した。

乃亜と古川は寝息を立てている。

「もうすぐですよ」

山城の声には疲れが滲《にじ》んでいる。

「僕の実家もたいがい田舎だと思ってたけど、とんでもない田舎だな」

「夜は真っ暗になっちゃうんすよ、このへん」

「帰りはもうちょっと休憩しながら帰ろう。大変だったろ」

流石《さすが》に九時間以上運転させたことは申し訳なく思った。免許を持っていれば運転を替わってやりたかった。

　せめて山城を休憩させるくらいはしてやりたい。

　後ろに乗っているだけでこれだけの疲労なのだ。山城の疲れは想像もつかない。

「いや、帰りは三人を駅までは送るんで、そこから新幹線で帰ってください。俺一人で車持って帰りますんで」

「アホか。そんなことさせられないだろ。女の子二人は新幹線で帰らせるにしても僕は付き合うよ」


　そうこうしているうちに山城の家に着いた。

　私たちを待ってくれていたのか、山城の両親が外に出ていた。

「いらっしゃい。よく来たね」

「こんなところまでわざわざ来てくれてありがとうね」

　なるほど、この親にして山城ありといった風体で、どことなく田舎の素朴さと都会的な上品さを兼ね備えた人物であった。

　だが、どこか無理をしているようでもあり、その点もまた山城に似ていた。

　私たち全員がこの家の子供であるかのような親切で温かい歓迎を受け、寝室に通された。

　山城は上京前からそのままにしてある自室、私は二階の客間、女性陣は二人で一階の和室が割り当てられた。

山城の実家は同じ県出身である私から見てもなかなかに広大で、まるで旅館のようであった。

この広さであれば、たしかに友達を三人連れてきても平気であろう。なにしろいつも全部使っているわけではないとはいえ、風呂とトイレが三つずつあるというのだ。

この日は一階が女湯、二階が男湯として使われた。

詳しい話は明日からということで、今日はそれぞれの部屋ですぐに寝ようということになり、山城も疲れてしまったのか私の部屋を訪れることはなかった。

東京にいるとまったく聞くことのない、蛙《かえる》や虫の鳴き声に懐かしさを感じた。

――乃亜には地元は静かだったって言ったけど、夏の夜はこんなに煩《うるさ》かったんだな、そういえば。

そして私も運転はせずとも疲れており、すぐに眠りについてしまった。

しかしどうやら私は他人の家ではいくら疲れていても熟睡できない性質《たち》らしい。

布団や枕に違和感はなかったのだが、他人の家に染みつく匂いや些《さ》細《さい》なことが気になる。

早朝、私はキジバトの鳴き声で目を覚ました。

子供の頃はこの間抜けな響きの鳥の鳴き声を、間抜けな私はフクロウが鳴いているものだと思っていたものだ。

スマートフォンを手に取り、時間を確認するとまだ五時になったばかりだ。

長時間車に乗っていたせいか、緊張のせいかわからないが首筋が凝り固まっている。

目は覚めても身体を起こす気にはなれず、活動を開始するまでにはそこから二時間を要した。

着替えを済ませ、三つある洗面所のうちもっとも近い一つで顔を洗ってからダイニングへと下りる。

和風の家ではあるがリフォームしたのか、新築のように設備が整っていた。外観からは古風な印象を受けるが、これだけ中身が真新しいと幽霊もどこに出ていいものか迷うだろう。

ダイニングでは全員席についており、私を待っていたようだ。

朝の挨拶を交わし、私は乃亜の隣の席につく。

山城の両親は既に食事を済ませていたらしく、テーブルに並べられた料理は私たちの分だけだった。

「米田先輩ももうちょっと早く起きてきたら面白いもの見れたのに、勿体《もったい》ないことしましたね」

既にばっちり化粧まで済ませた古川が言った。

目は覚ましていたが、あえては口にしない。

「なにがあったの？」

「山城君がお母さんに怒られてたんですよ」

乃亜が声を殺して笑い、山城は虚《うつ》けた面持ちで俯《うつむ》いている。

ひとまずは冷める前に朝食を食べようということで、全員が箸を手に取る。

メニューはそれこそ旅館の豪華な朝食のようで、女性陣が食べ切れるか心配なくらいだった。

「で、なんで山城は叱られたんだ？　僕らを連れて帰ること言ってなかったとか、女の子がいたからとか？」

「違いますよ、ここまで車で一〇時間もかけてくるなんてアホなの？　って感じでした。飛行機なり新幹線なりで来て、迎えを呼べば車出したのにって。ね？　たっちゃん？」

「たっちゃんて、言うなよ……」

山城はすっかり憔悴《しょうすい》してしまっている。

聞くに、山城は彼女と先輩カップルを連れて帰郷するとだけ両親に告げており、両親は私と同じようにここまでの田舎にまさか東京から車で帰ってくるとは夢にも思っていなかった。

そして女性二人に長旅を強いたことに対して、非常に怒りを覚えたのだという。

だがせっかく連れてきた未来の嫁候補や、東京で困ったときに助けてくれた先輩たちを不快にするのは避けたいということで、場の空気を悪くすることなく山城に罰を与えることにしたらしい。

「なるほど……山城、それは災難だったね。レンタカーで来たときに、こいつアホだなと思ったのは確かだが、カッコつけたい彼女の前で『たっちゃん』とか呼ばれて叱られるのはなぁ」

「先輩、顔にやけてますよ」

「あ、ほんとに？　ちょっと気づかなかった」

どうやら私は慰めているつもりでも、深層心理では嘲笑する気持ちもあったようだ。

だが、ふと隣にいる乃亜のことを考えると笑えなくなった。

恋人の前で恥をかかされたとしても親がいるというのは彼女からしたら羨ましいのではない

だろうか。

そろりと彼女の横顔を覗《のぞ》き見ると、薄く笑みを湛《たた》えていた。

私は安堵に胸を撫《な》で下ろす。

「先輩先輩、聞いてくださいよ。山城君って小学生のときにですね――」

「瑠華ちゃん、勘弁してよ」

山城が古川に泣きつき、彼の過去の恥にまつわるエピソードを聞くことはあたわずだったが、食事は穏やかに進んだ。


食後、山城の自室に私たちは集まり、今後の話をすることにした。

山城の自室は東京の私の部屋の倍ほどの広さがあった。

――十二畳くらいはあるか？

彼が上京してからも手はつけられていないらしく、ベッドに学習机、本棚には半端な巻数で止まっている漫画や参考書、辞書が入っていた。

その中に入っていた卒業アルバムを目ざとく見つけた古川が取り出し、乃亜もそれを覗き込んでいる。

山城は恥ずかしがるかと思ったが、ぐったりとうなだれて古川の好きにさせていた。

もう恥ずかしがることなど何もないということか。

――いったい、こいつの両親はどんなイジリ方したんだよ。息子しょんぼりじゃないか。

ちなみに私はエレキギターやベース、サッカーボールが飾られているのを見て、やはり私や乃亜のようななるべく家から出ないようにしている文化系の人種とはちょっと相容《い》れない部分があると感じた。

「山城君って高校生の頃は髪黒かったんだね」

私も気になり、卒業アルバムの写真を覗き込む。

「確かに髪は黒いけど、なんか不自然に眉は細いし、イキってる感は出てますね」

乃亜がぽつりと言う。私もまったく同じ感想だ。

「山城君の高校の時の彼女ってどの子？」

古川の問いはなかなか勇気があると感じた。

私は自分の彼女の昔の恋人など知りたいとは思わないが、古川はあまり嫉妬などしないのだろうか。

「瑠華ちゃんがはじめての彼女だよ。高校時代は全然モテなかった」

「あ、そうなんだ」

何か訊いてはいけないことを訊いてしまったような雰囲気になり、私たちは話題を逸らし、どの子が可愛いと思うかについての議論を交わす。

私が選んだ子に対して「米田先輩って、佐倉先輩に似た感じの人選びますよね」と古川に指摘され、とぼけたもののやはり気恥ずかしくなり、体温が上昇するのを感じた。

一通りの探索が終了し、部屋の中央のローテーブルを囲むと、いつの間にか元気を取り戻していた山城が口を開いた。

「昨日の晩、祭りの話はある程度親に聞いておきました。その情報を元に今後どうするか決めましょう。実は色々と面倒くさそうな感じではあるんすよねぇ。いやー、こっち来る前にもっと色々情報集めとけばよかったっすわ」

山城が金色の蓬髪《ほうはつ》を掻きむしる。

私たちは何がどう面倒なのかそれぞれ各自の頭に巡らせつつ、首を傾げる。

「今年は祭りがないとかですか？」

乃亜が言う。

「いや、ちゃんとありますよ。明日の夜です。ただ、まぁなんつーかですね、色々っすね。これから順を追って話しますけど」


毎年、この集落では九月十三日になると集落の大人の男たちによる儀式が行われる。

『ウシイド祭り』と呼ばれるそれは出店が出るわけでも、騒ぐわけでもない。

提灯《ちょうちん》を持った大人の男たちが集落の家や倉庫など扉がついている建物を回り、一軒一軒鍵がかかっているか確認し――といっても昨今ではすべての住居ではなく参加者の家や無人の施設のみらしいが――その後、神社で夜が明けるまで酒を飲んだりしながら待つというものらしい。

由来については山城の両親も知らず、祭り――儀式の時間に子供が外に出たり、玄関の扉の鍵を締め忘れると、化け物にさらわれると言われており、深くは考えたことがないとのことだった。

心の底から信じているわけではないが、過去に祭りの後に行方不明になった者が出たこともあり、なんとなくしきたりとして守ってきているそうだ。

集落自体の人間が減りつつある中、息子が祭りに興味を持ち、参加を考えていると知り、どことなく嬉しそうなそぶりであったと山城は語った。

「で、ここからが面倒なんですけど、この地域の人間しか参加はできないらしいんですよ。なので、一旦俺が参加して後で詳しく説明するということにしとくのがいいのかなぁと。事前に話聞くとかの取材は別にいいってことなんで、後で神社行きましょう。宮司さんが時間とってくれるそうです」

「なるほど」

――どうしたものかな。

私は思案する。

しかし、私の考えがまとまるよりも先に山城がこのようなことを言う。

「ひとまず宮司さんとこに話聞きに行って、夜になったらタイミングを見て先輩には勝手口から抜け出して、儀式の様子をこっそり見てもらえばいいかなって」

たしかに実際に見ておきたいという気持ちはある。

「私たちは？」

乃亜がもっともな疑問を口にする。

「このあたりがどれだけ暗くなるかは昨晩見て知ってますよね？　別にそこまでの山道ってわけじゃないですけど、東京とは全然違うんでマジで危ないっすから。ここで俺らの報告待っててください」

「うーん、仕方ないかぁ」

意外にも古川は食い下がらず、山城の言うことを受け入れた。

昨晩、車のライトと月以外の光源なしに、この山に囲まれた集落までやってきたことを思い出したのかもしれない。

一方で乃亜が不服そうな顔をする。

「佐倉先輩が深夜の墓地に一人で行けるのも、米田先輩のオカルトスポット取材に同行してるのもわかってますけど、オバケ云々《うんぬん》じゃなくて剝《む》き出しの用水路とかあって危険なんですよ、このへん。地元のお爺ちゃんお婆ちゃんも落ちて亡くなったりしてるんで。もし祭りの間に佐倉先輩が怪我したりしたら、俺が叱られるだけじゃ済まない可能性もありますから。今回はとりあえず俺と米田先輩にまかせてください」

女性陣二人は駄目だが、私は良いのだという。山城の私に対しての強い信頼にやや面食らう。

乃亜も古川も納得はしていないようだったが、珍しく神妙な面持ちの山城に気圧《けお》されたのか、実際にあの山道をライトもなしに歩くことに恐怖を感じたのか、曖昧に頷く。

「じゃ、そういうことで」

そして、毒にも薬にもならないよしなしごとで笑いあった私たちは昼食をご馳走《ちそう》になり、神社へと向かうことにした。

私たちは連れだって神社に向かう。

昼間に外に出てみると、やはり東京とは違った。暑くはない。背が高い木が多いからか日陰が多い。だが涼しく快適というわけではない。下から焼かれるような錯覚はないし、歩くことが苦痛ではないが、それでも屋内の方が快適であることは変わらない。

そして人間の気配がない。煩いが、静かだ。

「ここらへんって子供とかいないのか？」

あまりにも人を見かけないので、私は何気なく山城に尋ねる。

「何言ってんですか……平日ですよ。学校でしょ、ふつうに考えて」

「あぁ、そうか。今日って普通の学生は学校行ってるのか」

「今晩の儀式は平日か土日かは関係なく、十三日って決まってるらしいです。秋祭りはまた別でやるから、日中は普段と変わらない生活なんですよ」

山に囲まれたこの集落は全体がゆるやかな坂になっており、神社は北端の高台に位置する。端から端までは車がないと移動しにくいが、山城の実家は坂の中腹よりもやや北に位置しており、徒歩で問題ない距離であった。

山城が車を出そうと申し出たため、三人は車で神社に向かうだろうと思っていたのだが、私が取材も兼ねて自分の足でこの地を歩いてみたいと言ったところ、三人も歩くと言い出した。

　そして結局全員で徒歩でということになったのだった。

　写真を撮りながら歩く私の隣に古川瑠華が並んだ。

　肩が当たりそうになり、少しだけ距離を取る。他人との距離の取り方が下手な子なのかもしれない。

「あの、米田先輩」

「ん？　なに？」

「先輩の書く怖い話って、リアル怖い人の話とかもあるんですか？」

「なに、リアル怖い人って？」私は訊き返す。

　乃亜と山城は半歩下がって、私たちの話に黙って耳を傾ける。

「だから、その……なんていうか」

「ヤクザとか？」

「そういうのじゃないです。なんか、変な人っていうか。変態？　とか迷惑な人っていうか」

「あぁ、オカルトとか非現実的な話とかじゃなくて、実在するヤバい人間のこと書くかってこと？」

「そうですそうです」

「深夜の墓地に佇《たたず》む女が幽霊かと思ったら、ただの変わり者だったとかね」

と言ったら、袖を引かれた。

「ちょっと……」不満そうな顔をする乃亜がいた。

「ごめんごめん」

ここに来てから、彼女はあまり口を開かない。

口をもごもごと動かしているので、何かを考えているようだが、それを話そうとしないし、私も訊かない。

少しからかってみると不満そうである一方で穏やかな笑みも湛えており、私は安心した。何を考えているのかそう遠くないうちに話してくれるだろう。

私は古川に向き直る。

「で、そういうことであってる？」

目の前の先輩を例に出されたことで、迂《う》闊《かつ》に同意はできないと思っているのだろうか。古川は困ったように視線を彷徨《さまよ》わせる。

「その例が適切かは置いておいて。だいたいそんな感じです。で、そういうのって書いたりするんですか？」

「書かないね」

私ははっきり答える。

「どうしてですか？」

そう口にしたのは古川ではなく、乃亜だった。

彼女からすれば、書いたではないかということだろう。

「あー、正確にはオカルト現象だと思ったら勘違いだったとかそういうのは本人に許可を取って書くことはあるけど、変態とかそういうのは書かないってことね」

「なんでですか？　っていうか、墓地の話って許可取ってもらってましたっけ？」

乃亜の件は事後承諾であったが、オカルト絡みであったし、私は初対面の時点できちんと立場も仕事も明かしていたのだから、わかるだろう。その話をはじめると長くなりそうだったので、私は乃亜を無視して古川に向き直る。

「怖い話仕立てにできても、個人が特定できそうなことは書かないっていうのが編集部の方針なんだよ。犯罪者かもしれないし、本人が自分のことを勝手に書かれたって逆恨みして嫌がらせとかされるかもしれないからね。だから本人に許可取れない場合は書かないんだ」

「なんだか、ちゃんとしてますね」

「意外とね。ちゃんとしてるね」私は他人《ひと》事《ごと》のように言い、尋ねる。「何かあったの？　変態を見たとか？」

彼女の話は他愛もないものだった。

友達とレストランに行った際、満席で待たなくてはならなかった。

外にも数組待っており、入り口前にある名簿に『コガワ　2名』と書き、列に並んでいた。

正確には列のようなものはあったが、名簿順に呼ばれるため、並んでいない人もいて、通行人の邪魔にならないようにという以上の意味はなしていなかった。

それなりに長い時間を待つも呼ばれない。

友達とおしゃべりをしながらだったので、待つことは苦痛ではなかったが、少し違和感はあった。

ふと気がつけば自分たちよりも後に来た人の名前が呼ばれ、中に入っていく。

名簿を見ると、すでに自分たちは呼ばれて、店内に入っていることになっていた。

「つまりですね、『コガワ様』って呼ばれたときに他人が平然と返事をして入っていったってことなんですよ」

「呼ばれたのに君が気づかずに、順番飛ばされたんじゃなくて？」

ふつうに考えればそうだろう。

「それがですね、違うんですよ。そこのお店では案内した名前は名簿に線を引いて消すんですけど、呼んだけどいなかったところには不在の『不』って書いてたんです」

「なるほどね」

ゆえに彼女は他人が自分たちのフリをして店に入ったと判断したのだ。

「で、どうしたの？」

「似たような名前の人が聞き間違えたのかなって思って名簿見たんですけど間違えそうな名前一個もなかったんですよ。そしたら、怖くなっちゃって……他人のフリして入れるような人と同じ空間にいたくないなって、違うお店に行きました」

「はいはい、なるほど。ちょっとオカルト風だね」

「ですよね。こういう話のことです」

「脚色したら記事にならないこともないと思うけど、なんというか怖さの質が絶妙にオカルトと『本当に怖いのは人間』みたいなものの中間でジャンル分けしにくいからなぁ。編集長にボツにされそうな気がするよ」

「そうですかー、残念」

私は古川とこうして話しながら歩いていたのだが、後ろで乃亜と山城が不機嫌そうに黙っていたので、慌てて会話の輪に入れて、神社までの道のりを二人のご機嫌取りに費やすことになった。


神社は思っていたほど立派なものではなかった。

だが小ぶりではあっても手入れは行き届いており、人間の気配は漂っている。

祭りといっても、出店が出るわけでもないということなので閑散としていた。

「普通だな」

私は独りごちた。

しかし、山城は反応する。

「別に特殊な宗教ってわけじゃないですからねぇ」

「なんか、変わったもの祀《まつ》ってるとかないの？」

すると、山城が立ち止まる。

「祀ってるっていうか、ちょっとだけ変なとこはありますけどね」

「どんな？」

「俺、東京に出るまで絵馬の本当の使い方知らなかったんですよ」

「どういうことだよ？」

「いや、なんかここらへんの地域というかこの神社特有なんですよね」

百聞は一見にしかずとばかりに、山城が先に立つ。

私だけでなく、女性陣も首を傾げながら後を追う。

絵馬掛けの前で立ち止まった山城はなんとも形容しがたい表情を浮かべている。

私たちは絵馬の一つ一つに書かれている文言を目で追っていく。

「なるほど、ね」

そこには自分たちの子供や親、兄弟がどこにもいかないように、攫《さら》われないようにということしか書かれていない。合格祈願のようなものはただの一つもないのだ。

『たかしがさらわれませんように』

『きょうこが井戸に連れていかれませんように』

というようなものばかり。

「何が攫いに来るのかはわからないんですけど、なんか鍵をかけてない家の人間が攫われたあとは、井戸からどこかに連れて行かれてしまうみたいなことは言われてますね」

山城はこともなげに言う。

子供の頃から何度も何度も聞かされてきてうんざりしているのだろう。

「私、この絵馬の感じは……ちょっと怖いです」

乃亜がぽつりと誰に対してでもなく言った。

「これ見てると形式だけ儀式をやるっていうのではなく、実際にまだ人間が消えるって信じてる人がいるんだなってわかるな」

「はい、うまく言えないんですけど、多くの人間があるのかないのかわからないものにずっと怯《おび》えながら生きてるっていうことに、苦手意識のようなものがあります」

現象そのものよりも、それを取り巻く人間の状態に怯える女なのだ、乃亜は。

「心の底から信じてる人もいるみたいですけど、もう爺ちゃん婆ちゃん世代くらいじゃないすかね」

「私は信じますよ」

そう言う乃亜に対し、誰もが何を言っていいのかわからず俯いた。

しばしの沈黙の後、最初の一歩を踏み出した山城が手招きして、私たちを神社の社務所へ誘導する。

プレハブの社務所は外観から抱いていたイメージよりは広く、小綺麗ではあった。

物がなく簡素であると言い換えてもいい。

クーラーが強めに利かせてあるため、蒸し焼きになるということもなさそうだ。

「東京からわざわざこんなところまで遊びに来てくれるなんて、ありがたい話ですよ。龍彦は幸せものだ」

宮司が冷たい麦茶を出しながらにこやかに話す。

五〇代あたりだろうか。顔は日に焼けて、皺が深く刻まれている。

山城が生まれる前からここで仕事をしているという。

「自慢の友達なんだ。色々聞かせてあげてよ」

「あぁ、どこから話したものかな」

私たちは宮司の話に耳を傾ける。


『ウシイド祭り』

この祭りの起源についてははっきりと伝わっているという。

歴史はさほど古くなく、記録も書き残されている。

はじまりは江戸《えど》時代中期の頃、この山奥には既に小さな集落が幾つかあり、協力関係があったのだが、それがいつしかまとまって一つの村として形成されたようだ。

主に農業で生計を立てていたという。

「それは今もそんなに変わらないな」

宮司が言うと山城が頷く。

もともと『ウシイド祭り』とは呼ばれていなかったそうだが、年に一度この時期に牛か馬を生け贄に捧《ささ》げなければならないというしきたりはあったと記録されている。

その牛や馬は各家が持ち回りで出すという決まりになっていた。

だがある年、疫病が村に蔓延《まんえん》する。

当番だった家の牛と馬が病にかかって死んでしまった。

どの家も似たり寄ったりの状況であったことは想像に難くない。代わりに自分が生け贄を出そうと言える人間もいなかったのだろう。

結果としてその年は生け贄を出さないということになったらしい。

どのような形で供物としていたのか具体的な記述は残されていないが、すべて神に捧げるということで、村人は肉にも皮にも手を付けることができず財産が失われるだけの行事であったらしい。

生け贄を出さずに何も起こらなければ、そのまま廃止してしまおうと思ったのかもしれない。

しかしその夜——差し出すものがなかったとはいえ、生け贄を捧げなかったことを村人たちは後悔することになる。

人間がやったとは思えない方法で子供が殺されたのだ。

両手両足がもぎ取られ、腸が引きずり出され、乱暴に食い散らかされていたと記されている。

そして、どこからともなく村中に大声が響き渡る。

——牛はもういらない。来年からは女か子供を生け贄に差し出せ。

と。村人たちは絶望するが、どこにも逃げることはできない。

行く当てもなく、また同じように一年を過ごすしかなかった。

自分が次の生け贄に選ばれないようにと祈ること以外にできることもないままに。

だが、事態は急変する。

悪夢の夜から一年が過ぎようとした頃、高名な阿《あ》闍梨《じゃり》が修行の旅の道中、この村に立ち寄ったのだ。

村人たちは僧侶に助けを求め、阿闍梨は救いの手を差し伸べる。


「よくある昔話って感じですね」

私はそう言いつつも、そのよくある昔話が現代に伝わる怪談のモデルやルーツだと推測できることはよくあるし、そう馬鹿にしたものではないとも思っていた。

古典怪談は現代実話怪談と異なり、結局最後まで意味がわからないというようなことはなく、物語として綺麗に構成されているものが多い。

その多くは権力者を闇に葬るような復讐、自然災害、口減らしなどのメタファーと推測される。

近寄ってはならないとされる場所が災害が起こりやすい地域であるなど、現代ではそれは怪奇現象ではないことが明白だが、当時それを伝える手段として怪談が使われたというのもあるようで興味深い。

「似たような話は古典や歌舞伎にも出てくるからね」

宮司は淡く頷き、麦茶で唇を湿らすと話を続ける。

助けを求められた阿闍梨は二つ返事で化け物の討伐を引き受ける。

そもそも実際に「二つ返事だったのか」わからないし、この話自体のすべてが作り話の可能性もあるわけだが、「二つ返事」などと細かい演出が入るのも面白いと思う。

化け物退治の当日、阿闍梨は村人たちに、朝になり自分が札を剝《は》がしに来るまで決して、家から出ないように言いつけた。

村人たちは家に籠り、阿闍梨は戸に札を貼る。

翌朝――。

村人は誰一人欠けることなく、朝を迎えることができた。

彼らは喜ぶも、阿闍梨は浮かない顔をしている。

牛のような角を持つ鬼を村の外れの井戸に封印したのだという。

そう「封印」。その存在を抹殺するには至らなかったのだ。

翌年以降も力がもっとも強まる日には井戸から這《は》い出てきて、人を食らう。

だが、封印を強める儀式を行えば被害が出ずに済むし、地獄に括《くく》り付けてあるため、一日凌《しの》ぐことができれば鬼はその後一年はこちらに現れることはない。

そして阿闍梨は修行のために村を去り、二度と姿を現すことがなかったという。

翌年からは村の女子供は閉じこもり、男たちは阿闍梨に教えられた方法で封印をやり直すことになった。そして牛の化け物を井戸に封じたことからこの儀式は『ウシイド祭り』と称されることになった。

　現代では札は貼らず、鍵をかけておけばよいとされていたり、ある程度簡略化されているが、儀式の大枠は変わっていない。


「とまぁ、こんな感じだよ」

「ありがとうございます。参考になります」

　私がそう言うと宮司は闊達に笑う。

「田舎のこんな昔話が大学生の研究に役立つなんて嬉しいことだよ。ここの出身なのに龍彦はまったく興味を持ちやしない」

「近所の友達だって誰も興味なかったって」山城が言う。

　朗らかな雰囲気で山城の子供時代の話に移りかけたとき、一人が水を差した。

「その後に本当にいなくなった人っていないんですか？」

　胡乱《うろん》げな面持ちで乃亜がぽつりと言う。

　まるで独りごちたかのようだったが、発言内容から宮司への質問以外の何物でもない。

　宮司の顔色が変わる。一瞬山城を見る目に瞋恚《しんい》が宿ったようにも思えたが、山城の阿呆面《あほづら》を見て、事前に彼が余計なことを言ったわけではないことを察し、自分のこの一瞬の表情の変化、視線の動きが私たちに真実を語ったのと変わらないということに気づいたのだろう。

「あまり外の人たちに話すことじゃないんだが……ある」

「差支えのない範囲で教えてもらってもいいですか？」

前のめりの乃亜に気圧されたのか、意図せぬ方向に憶測を膨らまされるのを避けるためか、宮司は再び語り始める。

乃亜はまたいつもの癖でもごもごと何かを咀嚼《そしゃく》するようにしながら、耳を傾けていた。

私は人が消えるということに異常に執着する彼女に軽い嫌悪感を覚えながらも、記事にどのように書くかをイメージしていた。

外の蟬《せみ》が煩い。


『ウシイド祭り』が行われるようになってから、たまに人が忽然《こつぜん》と消えることがある。

それも決まって祭りの日の夜に。

正確には祭りの日の夜なのかどうかはわからない。

祭りから数日経ち、ふと誰かが思い出す。

「そういえば、最近見かけない」「学校をここ数日無断で休んでいる」など。

様子を見に家まで行くと、行方をくらましているということが。

人が一人消えても騒ぎにならないなんてことはありえない。

だが、この時期の行方不明者はなぜか誰もがそもそも存在していなかったかのように、いなくなったことにしばらく気づかない。

誰かとかかわりを持たずには生きていけないこのご時世だからこそ早めに判明するが、一人暮らしの老人などでいまだに消えたことに誰も気づいていない人もいるのではないだろうかと宮司はふと怖くなることがあるらしい。

実際に姿を消しても、行方不明者届を出すくらいしかできることはない。

姿を消した人間が戻ってきたことはない。

「最初は迷信にかこつけて、誰かが気に入らない人間を殺したり、誘拐したりってことじゃないかと思っていたらしいが、姿を消した人間のことが思い出しにくくなったり、誰も気づかなかったりっていうことを実際に体験するとね。やっぱり化け物に攫われたんじゃないかと思ってしまうよ」

「実際に宮司さんも知ってる方が？」乃亜が尋ねる。

「同級生でね。祭りの日に家出をしたらしい。そして戻ってこなかった。私自身もしばらく見かけないのに不自然に思わなかったんだ。だが、なんとなくそんな友達がいたなって思い出してからは、子供が行方不明になったのにあまり慌てていないその両親のふるまいが恐ろしくてね。ひょっとしたら親が殺したんじゃないかと疑ったくらいさ」

私は不謹慎ながら、この話までを記事にしようと版面を頭に描いていた。

だが、私を超える不謹慎な奴がいた。

「それは残念でしたが、いずれ科学的に解明される日が来ますよ」

何を言っているのかわからないという顔を全員がしていた。

帰り道、乃亜の目を見た私は――あぁ、こいつは今晩祭りに行く気だなと思った。

姿を消すまでの過程は違うが、人がふと姿を消し、周囲の人間がそのことに気を留めないというのは彼女の両親の時と同じだ。


夜になる。

集落全体が何かに怯えているように感じた。

「じゃあ、俺行ってきますね」

山城は集落の男たちと一緒に儀式へと向かうために家を出た。

準備らしい準備は前日までに済んでおり、特別な衣装を纏《まと》うようなこともないため、私たちと一緒に夕食を摂り、なんだかんだ腰を上げたのは二〇時のことだった。

山城との打ち合わせでは、彼の母親が寝静まるのを待ち、勝手口から出て比較的安全な道を使って、神社にある井戸に向かうことになっていた。

彼の母親は基本的に二二時には寝てしまい、祭りは深夜二時まで続くので多少抜け出す時間が遅れてもまったく見られないということはないだろうという話だった。

私、古川、乃亜の三人は私に割り当てられた二階の客間に集まっていた。

階下は電気が消え、山城の母親は布団に入ったようだ。

「先輩、本当に行くんですか？」

古川が心配そうに尋ねてくる。

「せっかくだから、どんなものか見てみたいし」

「今日聞いた話で十分じゃないですか？　なんかすごく暗いし、オカルト的な意味じゃなくても単純に危険な感じしますけど」

「用水路はあちこちにあるけど、崖があるわけじゃないし大丈夫だよ」

「これが東京でコンビニとかもあるならどうとも思わないんでしょうけど。夜になると本当に田舎なんだなって」

「嫁いできたら大変だね」

「あたし、仮に山城君と結婚するとしても、ここに住むのは無理ですね。結婚の条件の一つに実家で同居はしないっていうのはマストにしておきます」

そう言って笑った。

「転んだりしたら連絡入れるから。山奥といってもなんだかんだちゃんとスマホの電波はあるしね」

「そうですか……わかりました。でも何かあったら、すぐに戻ってきてくださいよ」

「わかったよ。心配してくれてありがとね」

私がそう言ってカメラを入れたワンショルダーバッグを手に立ち上がると、乃亜も一緒に立ち上がる。

「外まで見送ります」

「あ、あぁ……うん」

その様子を見た古川は微笑《ほほえ》むと手を振った。

「いってらっしゃい。あたしは自分の部屋に戻ってますね。しばらくは起きてますけど、寝ちゃっても何かあればすぐに反応できるようにスマホはマナーモードにしないでおきます」


「結局ついて来ちゃうんだな」

「当たり前じゃないですか。古川さんもわかって見送ってくれたんだと思いますよ」

乃亜はこともなげに言う。

「そうだろうね」

私たちは夜闇の中を肩が触れるか触れないかの距離で歩く。

手をつないでいないと彼女がどこかへ行ってしまうような気がしたが、どうにも気恥ずかしくて握ることはできなかった。

蒸し暑さと涼しさが混在した気持ちの悪い肌触りの空気だった。

暑いようだが、ギリギリで汗をかかないようなそんな温度。

人通りはない。街灯がぽつりぽつりと立っていて、真っ暗というわけではないが、東京とはまったく異質な夜がそこにあった。

鈴虫だかコオロギだかの羽をこすり合わせる音がずっと聞こえ続けている。

「コペンハーゲン解釈ってわかりますか」

乃亜が虫の鳴き声にかき消されるほど小さな声で訊く。

——知らん。

だが知らないと言って、無知だと思われたくはない。

かといって、想像もつかない以上知ったかぶりのしようもない。私はカッコをつけることを諦めた。

「さぁ、わからないな」

逡巡《しゅんじゅん》した結果、素直に白状した。

「そうですか。この世界は別の世界が重なり合った状態でできてるっていうものなんですが」

「うん」

「行方不明になる怪談とか、ここの地獄に連れて行かれる話ってそういうことなんじゃないかと思うんです」

「そうなの？」

「私はそう思うって話です。もちろん今の科学では観測することはできませんけど」

「だから、オカルト頼りなんだろ？」

「そうです。特定の条件下では別の世界を自分が観測できたり、行けたりするのかもしれない。その条件が怪談とか言い伝えの中に込められてるのかも」

「今回がそうだって？」

「そう思いませんか？」

「思わないな」

私たちは遠くから近づいてくる複数の提灯の明かりに気づき、どちらからともなく脇道へと入る。

山城たちが神社を出発し、集落の端に向かって移動しているのだろう。

あの集団は一軒一軒ではなく、ランダムで鍵がかかっているか確かめながら時間をかけて神社へと戻ってくる。

その間、数人は神社に残るようだが、本殿で儀式を行うということで屋外に人はいないという。

私たちは彼らと上手くすれ違えるように遠回りをしながら、神社へと向かう。

用水路を流れる水はかぐろい。狭隘《きょうあい》なこの地域でこれだけ用水路が縦横無尽に走っていれば、年寄りや子供は祭りの日でなくとも夜に出歩くのは困難だろう。

田んぼや畑も住宅地の合間合間に小さなものがぽつぽつとあるが、用水路が多すぎるように思えた。

時代の移り変わりと一緒に田畑が減る一方で用水路は減らなかったのかもしれない。

「米田さんは宮司さんの話どう思ったんですか？　異界に行けないって思うんですよね？」

「僕は単純に殺人を誤魔化すためか、この地域によく起こる災害のメタファーだと思うけどね。

今は天気がいいけどこのあたりはよく台風が来るし」

「そうですか」

それきり私たちは口を利かずに歩いた。


神社に到着するが、私たちは正面の階段を使って人目に触れることを嫌い、草をかき分け斜面をよじ登るようにして境内に侵入した。

乃亜はこのことを予期していたかのようにジーンズにスニーカー、長袖のパーカーといった出《い》で立ちで、半袖を着ていた私の方が腕に細い糸を引いたような切り傷を負い、虫にも刺されることとなった。

――たかがバイトでなんでここまでやらなきゃいけないんだ。

なんで？

それを考え出すと『好きだから』『趣味』『アイデンティティ』など、結局のところ操山出版などというブラック企業に愛があるという自己嫌悪に陥りそうな答えしか出てこないことを瞬時に察し、言語化される前に井戸に向かって、小走りで近づいた。

井戸は本殿の裏手から少し上ったところにあり、ほんの短い距離とはいえ山道を通らなければならないため、神社の境内や本殿からは視界に入れることができない。

「あとちょっとですね……」

乃亜が独り言《ご》ちる。いや、私に向かって言ったのかもしれないが、判断がつかず返事ができなかった。

　井戸は一目でそれとわかった。

　小さな井戸の周囲に数本の杭《くい》が打ち込まれ、縄と紙垂《しで》で結界が作られていた。

「なんだか、化け物を合成できそうな井戸だな」

「たしかに」

「ホラー映画とかも観てるのな」

「そうですね、一般教養として」

「一般教養じゃないだろ、貞子《さだこ》と伽椰子《かやこ》は」

　私はカメラを構えるが、どうしてもうまく写らない。

　やはりナイトモードでも同じだった。

　液晶はただ夜の底のような黒一色。

　――こんな時に壊れてくれるなよ。

　だが、どちらにせよ私に与えられたページはモノクロで、夜の写真は綺麗に印刷できない。

日中に撮った絵馬の写真を使うことにする。

　カメラをバッグにしまっていると……。

「おい、何やってるんだ！」

　これまで殺していた声を思わず荒らげてしまう。

　乃亜が結界を越えて井戸をのぞき込んでいたのだ。

「…………」

彼女は何も言わない。

そして、井戸に足をかける。

「危ないから、やめとけよ」

私は彼女の手を摑む。

「水はもうほとんど涸《か》れてるみたいですし、すごく浅いですよ」

彼女に言われてスマートフォンのライトで底を照らすと、意外にも彼女の言うとおりだった。

小さな水たまりがあるが、これは湧いたものではなく雨が降った跡のように見える。

中に下りても手を伸ばせば井戸の縁に手がかかる程度の深さしかない。水が出なくなり埋めてしまったのかもしれない。

乃亜が近くに落ちていた小石を井戸の底の水たまりに向かって投げ入れる。

着水する音は聞こえなかった。

「下りてみましょう。本当にちょっとだけ下りたら、帰りますから」

「わかった」

下りる下りないの押し問答をしている時間が惜しい。どうせ下りることになるのだ。

私が先に下り、彼女を受け止める。

広くもなく狭くもなく何もない井戸の底で私たちは抱き合う。

小さく、か弱い彼女の身体は井戸の底に滲《し》みて消えてしまうように感じた。

「わがままばかり言ってすみません」

「別にいいよ」

「私、米田さんが好きです」

「なんだよ急に。僕も………だよ」

私たちはすぐに恥ずかしくなり、外に出ることにした。

彼女を持ち上げようと思ったが、半端な狭さでうまくいかず、私が一旦外に出て、彼女を引き上げることにする。


私は井戸の外に出た瞬間、心臓が跳ね上がり、血液が漏れていくような錯覚を覚えた。

しかし声を立てることなく、震える手で彼女を引き上げる。

外に這い出た彼女もまた唖然《あぜん》として声が出ないようだった。

目の前に広がるのは神社の裏山ではない。

――これが地獄？

薄闇に目が慣れてくると、見知った風景が広がっていくことに茫然《ぼうぜん》とする。

大学前の大通りが目の前に広がっている。私たちが大学に通うためにいつもの道だ。

だが、誰もいない。そう、誰も。

都内――しかも、山手《やまのて》線の内側――だけあって、二四時間人が途絶えないこの場所に人っ子一人おらず、背後のＪＲの駅にはまったく電車が乗り入れる気配もない。

慣れ親しんだ場所。ただ、そこに命の気配を感じない。

ここは偽物なのだろうか。

ふと気が付くと、そこにはまったく特徴がつかめない――ただ男としかいえないものが立っていた。

最初から三人でいたかのように自然にそこに立っている。

私が誰何《すいか》せんと口を開きかけたところ、男が割って入る。

聞き覚えのない声だ。

「しっ。あまり口を開かない方がいい」

その声に反応して思わず声を上げそうになるが、乃亜が私の手を握り、すんでのところで飲み込むことができた。

彼女の横顔は驚くほど冷静で、まるでこの状況が自明のことであるかのようだった。

私が落ち着くのを待っていたのか、男はゆっくりと話し始める。

「ここは君たちがやってきた世界と重なった世界。ごく稀《まれ》に行き来ができる」

そう言って、彼は黙って駅前にあるファーストフード店のガラス窓を指さす。

私と乃亜は同時にそちらに視線を送る。

ガラス窓にはいつも私たちが見ている雑踏がうっすらと映っていた。と思えばすぐに消えてしまった。

「君たちがやってきた世界とは常に繋がっているが、実際に行き来するとなると様々な条件が一致しなければならない。大抵の場合は特定の時間——だいたいは夜に世界の重なりが濃い部分にある水や鏡、ガラスといったものが出入口になる。君たちのような迷い人は珍しいが全く来ないというわけではない。こちらからの干渉は比較的容易だが、そちらからは干渉することは基本的にできない。理由としては……説明してもわからないだろうが、こちらの方が高位にあるからだということになる。端的に言えば。そして、ここでは時間も過去から未来に流れているわけではなく、自分の位置すらも常に一定ではない」

　男の早口の説明は半分ほどしか理解はできなかったが、こちらに現状を納得させ、落ち着かせようという善意は感じた。

「…………」

　無言で頷く。

「こちらからそちらの世界に水やガラス越しに干渉すれば、だいたいは幽霊とか妖怪、怪奇現象といった歪《ゆが》んだ形でそちらに認識されることになる。そしてこちらの世界に落ちてきてしまった場合、自分たちに縁が強い場所に落ちる。ここまではいいか？」

　私たちは首肯する。

「これから君たちを元の世界に帰すが、戻るのにも幾つか条件がある。これから手短に説明する。時間もないから一度しか言わない」

私と乃亜は黙って再度首肯する。

「この世界はすぐに姿を変えてしまうのだが、だいたいの場合は一本道を行くことになる。道は徐々に暗くなっていく。決して転んではならない。転べば道を見失う。そして出口を目指す間は口を利いてもいけない。転んだり口を利いてはならない理由はなるべくこの世界とのつながりを持たないためだ。この世界に囚《とら》われる可能性が高くなる。道が真っ暗になると、先の方に明かりが見えてくる。そこに飛び込めば元の世界に戻ることができるはずだ」

そして、男は一つ息を吐《つ》くと話を続ける。

「あとこれが一番大事なことだが、何か得体のしれないものが君たちを取り込むために迫ってくるだろう。背後から気配を感じるはずだ。音がするがまったく正体はつかめない。だが決して振り返ってはならない。決してだ。振り返らなければ追いつかれない。恐ろしいだろうが最後まで我慢するんだ。振り返れば……この世界に囚われてしまうかもしれない。わかったか？」

私たちはしっかりと頷く。

「こちらの世界に囚われると、過去から未来へ流れる時間から解き放たれ自己と世界の境界がわからなくなり、多くの場合は正気を失う。なぜかはわからないが囚われた状態になると、元の現実に戻ることは十中八九できない。そしてこちらから悪意を持って現実に危害を加えようとする存在と化す……者もいる」

私たちが話の内容を整理する時間をくれているのか、少しだけ彼が黙る。

「最後に一つずつくらいは質問に答えよう。そのくらいの猶予はあるはずだ。何か訊きたいことはあるか？」

私ははっきりと動揺しており、質問なんてせずにさっさとここを立ち去りたいと思っている一方で、たしかにわからないことだらけで訊きたいことも沢山あった。

だが、彼の説明で概《おおむ》ね事足りたようにも思える。

——一つだけ。

「あなたはどうしてここを立ち去らないんですか？」

「私は自らの意思でここに来たからだ。この世界はどこと言いようもないので、〝ここ〟という表現も変なのだが。そしてもう元の世界との因果もほぼ断ち切られてしまっておそらく戻ることもできない。そちらの女性は？」

「私は大丈夫です。だいたいわかったので」

「そうか。では、もう行きなさい。君たちはまだ間に合う。さあ」

ふと、最後に彼の顔を見ようと目を向けると、何か咀嚼するように口を動かすのが見えた。

何かを言おうとしているのだろうかと、言葉を待つが結局は何も言わなかった。

彼は私たちの肩を押して、駅を背に歩き出すように促す。

ふと気が付けば男の気配は消えていた。

実際にあの怪しげな男の言うことは自然と信用できた。

彼の言うとおりにするしかない状況だということもある。

私は掌《てのひら》で乃亜の存在をしっかり確かめながら、ゆっくりと地面を踏んでいく。

転ばないためには地面を蹴るイメージよりも踏むイメージを強く持って歩く必要がある。

これまでも何度も危険だと噂されるオカルトスポットや禁足地に足を運んできた。その経験から自然に身につけた歩き方だ。

乃亜を転ばせないために歩調をあわせ、体勢を崩してもすぐに支えられるように構えておかなければならない。

今回は山道ではなく、どことなく嘘くさい大学前通りだ。

通いなれているはずなのに、何かが違う。

ずずずずず。

——来た。

〝振り返った〟と判定される基準が不明であるため、私はあくまで顔は正面に向けたまま横目に乃亜の様子を窺《うかが》う。

はっきりと強張《こわば》っている。

同年代の女性にはあるまじきレベルでオカルトスポットに対して場慣れしている彼女だが、やはりはっきりと背後に何かが迫っているのを感じると緊張するものらしい。

ずっずっず。

ずず。

ずっずっずっず。

私たちの背後に迫る何者かの発する音——足音かどうかも判別がつかない何かを引き摺《ず》るような——は一定のリズムを刻むわけではなく、どんな形状のものなのか想像もつかない。

ぼんやりと視認できていた周囲が徐々に闇に蝕《むしば》まれていく。

ずっずっずず。

私は今にも走って逃げだしたい気持ちを無理やり抑え込む。

——この子と一緒に元居た世界に帰るんだ。

ずず。ずず。ずず。

ずず。ずず。ずず。

ずず。ずず。ずず。

ずず。ずず。ずず。

本当に追いつかれないのだろうか。もう首筋にこの化け物の吐息がかかってもおかしくないほどの近さに足音を感じる。

だが、私は勇気を振り絞る。

いつの間にか周囲は真っ暗で、私と乃亜、そしてこの世界が溶け合い自他の区別がつかなくなっていくようだった。

繋いだ手だけがお互いの存在を確認する唯一の手がかりになってしまっている。

ふと視界の中に小さな光を捉える。

——あれがこの世界から脱出する出口か。

私はこの暗夜行路《あんやのみちゆき》が終わると思うと、気持ちが逸《はや》った。

「っ……」

だが、歩調を速めた瞬間。息を呑《の》む。

一瞬足がもつれかける。もし今倒れこみ、声を上げてしまえば、ここまでの道のりがすべて無駄になってしまう。

実際に転んだとしてその瞬間にもう二度と戻れないだとか、声を出してこの世界と関係を持ったからといって繋ぎとめられるというわけではないのかもしれない。

それでも全身から嫌な汗がどっと噴き出る。

私の様子を感じ取ったのだろうか。

左手にぬくもりを感じた。乃亜が私の手を握る力を強めてくる。

その手はただ温かで、私は持ち直した。

しかし、彼女の小さく子供のような手は震えもせず、汗を掻いてもいない。自分なんかよりも落ち着いている乃亜にどこか母性を感じてもいた。

私はもう彼女の手を放すことができない。

ずずずずずずずずず。　ずずずずずずずずずず。

ずずずずずずずずず。　ずずずずずずずずずず。

ずずずずずずずずず。　ずずずずずずずずずず。

背後に迫る音はもう一〇や二〇どころではない気配を放っている。

立ち止まればその瞬間にもどこかに引きずり込まれてしまうだろう。

あの男の助言がなければとっくに振り返ってしまっているところだ。

あともう少し。

私たちは歩調をそろえて歩き出す。

ずずずずずずずずずずずずずずずずずずずずずずずずずずずずずずずずざざざざざざざざざざざざざざざざざざざざざざざざざざざざざざざざざざざざずずずずずずずずずずざざざずずずずずずずずずずずずずずずずずずずずずずずざざざざざざざざざざざざざざざざざざざざざざざずずずずずずずずずずずずざざずずずずずずずずずずずずずずずずずずずずずずずずずざざざざざざざざざざざざざざずずずずずずずずずずずずずずずずずずずずずざざずずずずずずずずずずずずざざざざざざざざざざざざざざざざざざざざざざざざざざざざざざざざざざざざざざ。

実際には歩き出してから一〇分か長くても二〇分は経っていないくらいだろう。

だが、無限にも感じる道程だった。

遠くから見ていた明かりは向こう側から光が漏れている私の自宅アパートの玄関扉であった。

私たちはぼんやりと光が溢《あふ》れる扉の前に立つ。

裏に回ったところで光源があるわけではないことはわかる。

おそらくこの扉を開けば、元の世界のどこかに繋がっているのだろう。

どこに出るかもわからないし、同じ時間が流れているかもわからない。浦島太郎《うらしまたろう》のように遥か未来に放り出されるということもあるかもしれない。

ただ、とにかく進むしかない。

ふと気が付けばこれまでずっと後ろをついてきた足音がぴたりと止まっていた。

私は彼女と手を繋いだまま、空いている方の手をノブにかけ、一気に開く。

中空に浮く扉はしっかりとした手ごたえと共に新たな道筋を示した。

光の向こう側が見えたわけではない。

だが、なぜか私には〝帰れる〟という確信があった。

その時だった。

繋いでいた手がゆっくり、しかし確実に離れていく。

「私は残るので米田さん一人で行ってください」

私はただ目を見開くことしかできない。

淡い光が彼女の顔を照らした。

「さよなら。大好きですよ、これからもずっと」

彼女の小さな身体がぶつかってくる。

異常な環境とここまで歩いたことでの足腰の疲労からか踏ん張りがきかず、思わずたたらを踏んでしまう。
そのたった数歩のせいで私は彼女を失ってしまう。
身体が扉を通過してしまったのだ。

ふと気がつけば、私は井戸の結界の外に一人立っていた。

第六章

「じゃあ、東京帰りますか」山城が言った。

「山城君ってもう東京に〝帰る〟って言うんだね」古川がそう言って笑う。

「地元にも〝帰る〟って言うよ。どっちにも帰属意識があるような気がするなー。言われてみると」

「先輩はどう言います？」

私は荷物をまとめながら「東京に帰る、って言うかな。もともと地元あんまり好きじゃないし」と返す。

乃亜は〝家の用事で〟一人で先に帰ったことになっており、全員がぼんやりと納得していた。彼らの言うことが事実で、私の方が幻覚を見ていたという方が現実味がある。異界に行き、彼女は自らの意思で残り、おめおめと一人帰ってきたら、彼女の存在感が薄くなっていたなんてことは常識的にありえない。

家庭の事情で先に東京に戻った、という方が遥かに説得力がある理由だ。

だが、私にはわかる。東京に帰っても彼女はいない。

今回の異界でのことはあまりにも創作じみているし、記事にするつもりはなかった。祭りの取材までしか書けない。

「先輩の実家もやっぱり寄っていきます？」

同じ県内とはいえ、山城の実家からだと端と端ほどに離れている。

気遣ってくれるのはありがたいが、私はやんわりと断る。

「実家とはあんまり折り合いがよくなくてね。仲が悪いわけじゃないんだけど、やっぱり就職とか将来のことがはっきりしないうちは直接顔を合わせたくないんだ」

「そうですか」

それっきり私の実家については誰も言及することなく、帰路についた。

別れ際、山城のご両親はまた遊びに来るように、としつこい程に言ってくれた。どうやら私と古川のことが気に入ったらしい。

帰りの車でこのことを軽くからかうと、山城は赤面したが、古川がやや不愉快そうに顔を顰《しか》めた。

帰りは私と古川が後部座席に座ったため、山城はそのことに気づかなかったようで胸をなでおろした。

とりとめのない話で、あまり無言の時間というものはなかったように思うが、ずっと佐倉乃亜のことばかりを考えていたため、何を話したのかは薄靄《うすもや》がかかったようにははっきりと思い出せない。

――乃亜……いったい、何を考えてたんだ。

今から思えば、存在自体が嘘のような女だった。

ただ、私は彼女のことが本当に好きだったのだ。

私も〝向こう側〟に行ったから……異界に囚《とら》われはしなかったが、あの世界と繋がりをもってしまったから、山城たちのように彼女の存在を忘れてしまうということなくいられているのだろうか。

時間と共に記憶や感情が薄れていくのだろうか。

そう思うと、私は自分がやるべきことが見えてきたような気がしてきた。

――もう一度、彼女に会いたい。


「はい、校了」

「ありがとうございます」

矢田部編集長から校了紙を受け取る。

たかが「校了」の二文字なのにかろうじて判読できる字の汚さだ。前の会社ではライトノベルの編集者だったというが、この字で原稿に赤を入れられる作家は大変だっただろうと思う。

「しかし、取材旅行の甲斐《かい》のある記事に仕上がってたな」

「たまたまですよ。後輩の実家での出来事なんで」

「お前の実家の近くじゃやってないのか？　今回の奇祭紹介してくれた奴の実家と近いんだろ？」

編集長の顔を見るにどうやら冗談ではなく本気で期待しているらしい。

「いや、うちの実家は田舎の中では都会の方ですし、新興住宅地なんで」

「一番つまらんところだな」

「そうなんですよね」

――否定できないな。

実際、昔ながらの風習が残っているわけでもなければ、今の時代に即した新しい怪談が生まれるような場所でもない。

変人が奇妙な建築物やオブジェを造ったりするということもない。

「だが今回の記事で地方の取材は面白いものになる可能性が見いだせたのは確かだからなぁ」

私は正直なところもうあまり取材旅行に行きたくはなかった。

だが来年になったらまた……あそこへ。

「あ、そうだ」編集長が何かを思いついたかのように声を上げる。

私はあえて「なんですか？」とは訊かず、校了紙のスキャンをとる。

「おい、米田。無視するな」

「なんですか？」

「夜行バスとビジネスホテル素泊まりに限って、経費で落とすことを許可する」

——許可されてもなぁ。

「ありがとうございます」

「感情が籠ってないし、可愛げのない返事だがまぁいい。投稿の中に地方に行く価値があると判断できるものがあれば行ってこい」

「わかりました」

これで話は終わりだろうと、私がノートＰＣのモニターに視線を落とすと、まるでちょっとした雑談のような口調で編集長が言った。

「あと、お前が雑誌で書いた記事まとめて文庫で出すことにした」

「え？」

「著作があったら箔《はく》もつくし、今後取材もやりやすくなるだろ。ペンネーム考えとけ」

「あ、はい……ところで、いんぜ——」

「お前の原稿は買い切りだから、印税なんてもんはないが、ボーナス出してやる」

「ありがとうございます」

学生の身でありながら、著作が出ることは嬉しかったし、印税なんて本当はどうでもよかった。

ただ、その喜びを一番伝えたい相手がいないことが寂しい。

編集長がヤクザの事務所への取材のためその巨体を揺らしながら小汚い雑居ビルを出ていくと、編集部は涼しく広くなる。

営業の東さんも取次に行っているので、社内には経理の杉本さんと私の二人だけだ。

「おめでとう、でいいのかな？」

杉本さんがぽつりと言った。

最初は私に話しかけているのだと思わず、一瞬妙な間が空いてしまう。

「たぶん」

「ボーナスって言っても、五万円くらいだと思うよ」

「僕は最悪一万もあると思ってます」

私と彼女は静かに笑い、社内の空気が弛《し》緩《かん》した。

「デビュー作だから部数は絞るだろうけど、それでもあなたの箔付けも目的なんだから六千、七千くらいは刷ってくれるだろうし、ちょっとは広告も買ってくれるかもね」

「五千部くらいかと思ってました」

「あなた、部数の話とかあんまり聞いてないの？」

「なんかバイト風情がそんなこと訊いたらダメなのかなって」

実際、私は雑誌も単行本もどのくらい刷っているのか知らない。

「五千の文庫だとうちが使ってる安物の紙で印税やデザイン代ケチって原価率下げても、完売してトントンかギリ赤字ね。一冊千円くらいとる単行本だったら余裕だけど。実話怪談で単行本ってあんまり作らないから」

「なるほど」

「だから、うちみたいな弱小出版社は返品リスク考えて七千部からスタートして、コツコツ重版かけていくわけ。怪談って出してる出版社多くないし、一定のファンはいるから七千くらいだと仕上がっちゃうんだよね」

「へぇ、そうなんですね」

今日の彼女はいつもより饒舌《じょうぜつ》だ。

「矢田部さん、あなたのこと本当に気に入ってるね。今までのバイトの子の記事まとめて書籍化するなんて一度もなかったからね」杉本さんが言う。

「可愛がってもらってるのはわかりますけど、気持ち悪いですね」

「そうね。気持ちは悪い」

またも妙な間が空く。

彼女のことは嫌いではないが、会話の波長を上手く合わせることができない。

表情が変わらないので、冗談なのか本気なのかがわかりにくく、急に黙ったりするので、どこで会話が終了するのか判断が難しいのだ。

彼女の胸元から覗《のぞ》く痛々しい火傷《やけど》の痕《あと》から無理やり目を逸らそうとしてしまうのも要因の一つだろう。

「あなたね、世の中には意外と訊いちゃいけないこととか、言っちゃいけないことってないのよ。距離感がちゃんとわかっていれば、訊かないことが逆に相手を傷つけることもあるの」

「え？」

私は虚《うつ》けたような面持ちだったろうと思う。

彼女の言葉が何を指しているのかわからず、続きを待つ。

「あなたは会社の仲間なんだから、どの本をどのくらいの部数刷ってるかなんて訊いたって誰も〝バイトのくせに〟なんて言わないから」

「はい」

そんなことは、きっとわかっていた。

だけど、自ら〝バイトだから〟と言い聞かせて、訊かないようにしてきた。

「あとね、私の火傷の痕も気になるなら訊いて。そんな風に一瞬見ちゃっただけで、申し訳なさそうに目を逸らされる方がつらいから」

「すみません……」

室内に静寂が垂れ込める。

だが、私はこのままではいけないと口を開く。

「あの……やっぱり女性の肌のこととかを気軽に尋ねるのは気が引けて、それで見てしまった時は罪悪感で目を逸らしてしまっていたんですが……どうして火傷したのか訊いてもいいですか？」

「よくできました」

彼女はまるで教師のようだった。

私は彼女の話に集中するため、ノートPCを閉じる。

「あまり気持ちのいい話じゃないから、話すのもちょっと悪いなって気はするんだけど、でも訊いてくれたのは嬉しかったよ」

どう答えたものかわからず、私は古い映画の俳優のように肩を竦《すく》めた。

「私ね、幽霊もヤクザも怖くないんだよね。だからここで働いてんの」

「はい」

耳が捉える彼女の言葉はいつも遠回しですぐには飲み込めない。

だが、それをしっかりと咀嚼《そしゃく》する。

ふと乃亜が考え事をするときに、口をもぐもぐと動かす癖のことを思い出した。

彼女もきっと今の私のように自分と他人の世界をすり合わせようとしていたに違いない。

――乃亜も何言ってるのかよくわからないこと多かったな。

私が今のように彼女の話すことを咀嚼して、もっと理解しようとしていれば、こんなことにはならなかったのかもしれない。

――いけない。今は杉本さんの話だ。

「私の火傷がどうして怖いとか怖くないって話になるのかって顔ね。これから話すから」

杉本さんの話は彼女の初恋に遡る。

彼女には幼馴染がいた。家が隣同士、物心ついた頃には彼に恋をしており、いつか結婚するものと決めていたそうだ。

幼い頃の彼女は——とても今の言動からは信じることができないが——活発で明るい少女だったのだという。

そんな彼女が自分の恋する相手が〝普通ではない〟と気づいたのは小学校に入ってすぐのことだった。

具体的な症状について彼女は語らなかったが、彼は重い病気を患っていたらしい。

それを理由に彼はイジメを受ける。子供は残酷で、少しでも自分よりも劣るところを見つけると容赦なく攻めた。

だが、彼女は見て見ぬフリはしなかった。

彼女自身は明るい性格と容貌の美しさから人気者に類しており、放っておけば楽しい学校生活が約束されていた。

彼女は自分も共にイジメられるかもしれないと思いつつも、彼を庇《かば》う決意をした。

しかし意外にもイジメは過激化することなく沈静化したという。

あまりの呆気《あっけ》なさに、やや物足りなさを感じるくらいに。

結局のところ、杉本さんの美しさや人望の力がイジメたいという欲求を屈服させるだけのものだったということだろう。

彼女に嫌われるくらいであればイジメをやめた方がいいと判断するのは理解できる。

実際のところ、彼女の顔《かんばせ》の美しさは常人離れしている。

憂鬱で不機嫌そうな表情がそれを曇らせているし、火傷の痕を隠そうともしないことが周囲を畏縮させているが、そうでなければ街を少し歩いただけで芸能事務所にスカウトされてもおかしくない。

小学校一年、二年、三年と毎年のように新しいクラスになる度にそれは繰り返された。

彼がイジメのターゲットとなり、彼女が庇いすぐさま沈静化する。

だが小四になると彼が学校に来なくなる。

症状が重くなり、一般学級での生活が無理だと判断されたためということだったが、彼女は後に本人が「もういきたくない」と言ったのだと彼の両親から聞かされる。

彼は学校に来ることはなくなり、二人の距離が離れたかというとそんなことはなかった。

彼女の恋心はまったく衰えを知らなかった。

何度もこれは恋愛感情ではなく、同情なのではないか、と自問するが、その答えはいつも「心の底から彼を愛している」だった。

中学、高校と彼女は足繁く彼の家に通った。

部活もバイトもせず、同級生に交際を申し込まれてもそのすべてを断った。

まだ世間を知らない子供同士の幼い恋人ごっこだと思っていた彼の両親は、いつまでも足繁く通う彼女は幼馴染であるということに縛られているのだと罪悪感を覚えたようだった。

何度ももう自分の人生を歩むべきだと説得し、彼女の両親に対しても、娘さんの人生を無駄にしてしまって申し訳ない、もう家に来させなくていいと直談判もしたらしい。

それでも彼女は意に介することなく、彼の家に通いつめ甲斐甲斐しく世話を焼いた。

そして高校卒業と同時に婚姻届を出し、アパートを借り二人で暮らすようになった。

結婚には双方の両親から激しい反対があり、こんなにも祝福されない結婚があろうかと愕然《がくぜん》としたそうだ。

式も挙げなかった。

それでも車椅子を押してアパートの部屋に足を踏み入れたときは幸せでいっぱいだった。

だがその幸せは長くは続かなかった。

夜寝ているとき、アパートが炎に包まれたのだ。

出火場所は自宅のキッチンだった。

その時のことは記憶が曖昧だという。

「火事場の馬鹿力って本当なのね」彼女はそう言って力なく笑った。

〝笑った〟という表現しかできないだけで、本当のところそれは笑みでもなんでもない。

しかし悲しみでもない。私にはわからない感情であり表情だ。

彼女は火がついた寝間着をはぎ取り、火に包まれた夫を抱えて、外に飛び出していたそうだ。

次に目が覚めた時には病院のベッドの上。

彼女は身体に火傷を負ったが、命に別状はなく日常生活にもさして支障は出なかった。

皮膚移植である程度は元に戻せるという話だったが彼女はそうはしなかった。

彼女の夫もまた火傷を負ったが一命をとりとめ、今もまだ存命だという。

もうわかってはいたが、火を放ったのは彼女の夫だった。

理由はまったくわからなかったのだという。

何故彼は火をつけたのか。責めるつもりはなかったが、訊かないわけにはいかなかった。

彼は言った。

「おまえがこわい」

そして、彼女もまた自分のことが恐ろしくなった。

自分は人生のすべてを彼に捧《ささ》げてきた。それでも恐れられるというのか。

だが彼女はもう今さら生き方を変えることはできなかった。


「それで……今も同居されてるんですか？」

私は乾いた口で尋ねた。

「ええ。火の元は手が届かないようにしてあるけどね」

「幸せですか？」

「ええ」

彼女は莞爾《かんじ》と微笑《ほほえ》んだ。

それは本物の笑みだった。

杉本さんとの会話が途絶え、お互いに無言で仕事を続けること一時間。

彼女がまたぽつりと言った。

「そういえば最近、流行《はや》ってる怪談あるよね。私、友達とかいないんだけど、外歩いてるだけで二回も聞いたくらいだから」

私のような仕事をしていると、数パターンの怪談が常に流行っていると認識している状態にあるので、ピンとはきていない。

あと、なんとなく察してはいたが友達がいないという情報は聞きたくなかった。

高校を卒業した時からなのか、火傷を負ってからなのかはわからないが、彼女の周りからは人はいなくなってしまったのだろう。

「流行ってる怪談ですか。どんなのですか？」

「スマホのＡＩアシスタントってあるでしょ。あれに何か決まった質問をすると何も答えてくれないんだけど、ふと気づくとおかっぱで赤い服着た女の子がじっと自分の家の方を見てるんだって。ストーカーか何かかと思って声をかけようとするとふっとどこかに消えちゃう。ある日、窓にべたっと手をついて家の中を覗き込んでいて……目が合うと、その家が燃えちゃうって」

「結構キツめの怪談ですね」

怪談の中には怪異が人間に危害を加えるものもある。

「私なんて実際に家燃えたことあるしね。リアルに感じて余計怖いよね」

「そうですよね」

「今のは冗談よ」

「わかりにくいですし、そういう冗談は笑えないのでやめてください」

「ごめんなさいね。今日はちょっと仲良くなれた気がしたから、ちょっと口が滑っちゃった」

「仲良くなれたと僕も思いますけど、気は遣うじゃないですか」

私たちは曖昧な表情を浮かべながら、互いの仕事に戻る。

私は気になって、ふと投稿フォームから送られてきたメールを確認すると、その中に三通似たような内容のものがあった。

家が燃えるパターンは一つだったが、そのどれもがおかっぱ——もしくはボブカット——の赤い服の女に何かしら危害を加えられるという内容だった。

かつて山城の家から見た乃亜のことを思い出す。

この怪談が乃亜に関係あるとは思わないが、私はこの怪談のことがどうにも気になってしまい、調べてみることに決めるのだった。

投稿者に詳しい話——誰から聞いたのか、場所や時期など——を直接でもメールでも構わないので聞きたいと返事を出して、帰宅する。

季節は秋に移り変わりつつあった。

北向きの私の部屋は地下のガレージ——大家の車とバイクが停めてある——に、温度を吸い取られ、秋を飛び越して冬を先取りしている。

ポストに溜まっている郵便物を摑んで、ベッドの上で一つずつ開けていく。

DMや振込用紙の中に一つ、違和感を覚える可愛らしい封筒があった。

差出人は「佐倉乃亜」。旅行に行く前に投函《とうかん》されたものだった。

もはや山城も古川も乃亜の話題は一切出さない。それは行方不明になったからではなく、最初から乃亜のことなど知らないかのように。

どんどんこの世とのつながりが薄れていく中で、手紙はきちんと届くのかと思うとなぜだか笑いがこみあげてきた。

それとも私が〝あちら側〟に行っていなければ、この手紙をDMと一緒に捨ててしまっていたのだろうか。とにかく私の表情は彼女の意思を知る機会を得たことできっと喜色を滲《にじ》ませているのだろう。鏡を見なくてもわかる。

ベッドに腰かけ、数枚に渡る手紙を読み始めた。

乃亜の手紙は、自らが存在したのだということを声高に叫ぶかのような内容だった。

乃亜曰《いわ》く、彼女は父親と母親が自分を置いて姿を消したことを恨んではいなかったという。

両親が消えたということは認識していても、この世界とのかかわりを断ち切った彼らについての感情は曖昧で、悲しかったということは記憶していても実感が湧かない。

ではなぜ彼女は両親の後を追うかのように異界へ行くことに執着したのか？

暗くなって、文字が読みにくくなってきたので電灯を点《つ》ける。

再び手紙に視線を落とすと、今になって乃亜の字が気になってくる。

――こいつ、めちゃくちゃ字下手だな。

丁寧に書いているのはわかるが何文字かを奇妙に繋げたり、独特な書き方をしているため非常に読みにくい。

彼女が書く字を知るのがこんなタイミングだということに苦笑しながら、手紙を捲《めく》る。

奇妙な経緯で姿を消した両親に対して、本当に乃亜が抱いていた感情は愛ではなく羨望だった。

彼女は羨ましかったのだ。

世界ごと捨てていけるほどの執着、それを追っていく愛が。

本当に愛なのかはわからない。

母親もまた父親に対しての記憶や感情は薄れていたはずだ。連鎖する呪いのようなものなのかもしれない。彼女は恋をし直したのか、記憶が完全に薄れてしまう前にもう一度会いたいと願ったのかはわからない。

ただ興味に突き動かされ、研究を続けてきた。

そして、彼女は私に出会い、恋をして……それを失うことへの恐怖に耐えられず、この世界とは異なる場所に行くことを決意したのだという。

これまでの研究——異界に行く方法を探ること——は趣味に近いものだったが、いつからか使命に変わっていた。

彼女特有の勘で、今回の旅行で異界に行けるのだろうという確信があったらしい。

まさに「呼ばれた」のだと。

私にも一緒に来てほしいと思いながらも、それは傲慢《ごうまん》だとあえては誘わなかった。

たまにこちらの世界に現れる幽霊と呼ばれるものや怪異のようにふとした時に自分を思い出してくれればいい。自分が父親や母親のことを思い出せないように、忘れてしまってもかまわない。

自分が私のことを思い続けることができればそれでいいのだと。

一緒にいて心がすれ違ったり、別れたりするくらいであれば両親と同様にこの世界の人間であることすらやめようと。

私は彼女が生来持つ奇妙な思考に一抹の恐怖を覚えた。

手紙を持つ指先が汗で滲む。

枕元のティッシュ箱から二枚引き出し、手を拭う。

そして、便箋の最後の一枚にはたった一行だけ、こう書かれていた。

『こっちに来る決心がついたらいつでも来てください。来なくてもずっと一緒にいます』

私も――呼ばれているのだろうか。

私は誰かに見られているような気がして振り返る。
ただ白い壁があるだけだ。
ガラス窓をじっと見つめる。
汚れたベランダと錆《さ》びた柵しか見えない。
――乃亜はいるのか？　僕を見ているのか？
汗がシャツに滲《し》みて、背中に張り付くのを感じる。
一人で居たくない。
だが山城のことを散々馬鹿にしてきた以上、奴に助けを求めるわけにはいかない。
サークルやクラスの友人たちとも疎遠になってしまっている。
行く場所もない。
私は祈るように目を閉じ、手をあわせる。
ただ、祈りの対象も祈るべきこともわからない。
無闇に壁に向かって、頭《こうべ》を垂れる。

——なんて間抜けなんだ。

すると、遠慮がちにスマートフォンが震え、着信を告げる。

——山城か。

「米田先輩、お疲れ様です。今って時間大丈夫ですか？」

「あぁ、別にいいよ」

あえて余裕ぶった風に答えてしまうが、こればかりは先輩としての礼儀のようなものだ。なんだか急に部屋に一人でいるのが怖くなってきたから丁度良かったなどとは口が裂けても言えるものではない。

「二つありまして……大したことじゃないんですけど」

「何？　まぁ、話してみなよ」


結論から言えば、電話をかけてくるタイミングは完璧だったが、話の内容は所詮は山城とでもいうべきもので、私にとっては「悪い話」と「最悪の話」だった。

だが、山城にとってはそのうちの「最悪の話」はただの世間話で、「悪い話」は「山城にとっての最悪の話」だった。

同じ話でも立場によって、大きく変わるものだ。

まずは私にとっての「最悪の話」から。

山城の故郷にある私と乃亜が異界に行ったあの井戸が潰されたらしい。子供が落ちたことが原因だ。

祭り――儀式をやる上では井戸自体はあってもなくてもいいのだし、言い伝えに井戸を潰すべからずとは書かれていない、ということで埋めてしまうということになったという。

実際、埋めたところで誰かが消えたとかいうこともなく、祟《たた》りのようなものはなかった。

私は『誰か消えたけど、お前らが気づいてないだけかもしれないぞ』と思ったが、言ったところで理解できないだろうと口にするのをやめた。

「埋めたっていうのは土をかけたのか？」

「肝試しで掘り返す馬鹿がいるかもしれないからってコンクリートで埋めたらしいです」

「そうか」

――最悪だ。

私の中では乃亜との関係を七夕の織姫《おりひめ》と彦星《ひこぼし》になぞらえることができるなどと思っていたが、あの井戸に入ることができないのであれば、もはや悠長に来年を待つわけにもいかない。

そして自らの発想の気持ち悪さにえづいた。

もはや恐怖に近い感情は霧散していた。

もう一つの「山城にとっての最悪の話」。

これは私にとっても、それなりに悪い話だった。

「瑠華ちゃんがですね」

「瑠華って誰だ？」

「俺の彼女の古川瑠華ちゃんですよ。覚えといてくださいよ」

山城の彼女のことは「古川」としか認識していないし、山城すらフルネームは曖昧だ。

少し考えれば思い出せそうだが、今はそんなことを思い出している場合ではない。

「で、古川がどうしたって？」

「最近流行ってる赤い女って知ってます？」

「うちにも何個か投稿来てたよ、ディテールが違うから実際の体験者からどのくらい離れてるのかわからないけど。これから調査するところだった」

「まだ何もわかってないんですね」

彼の口調からもはや古川の身に何が起きたのかは容易に想像がついた。

「古川が赤い女見たのか」

私は疑問符を付けずに言った。

「そうです」

「まぁでも、お前が見たのと同じで幽霊じゃなくて、ただの変な奴ってこともありえるし、噂通り家が燃えるとかってことはそうそうないと思うけどな」

「俺が見たの……あぁ、そうでしたね。そうか。俺の時も赤い服着た女が墓地に立ってて、先輩に助けてもらって……あれ？」

「幽霊とかじゃなくて、ただオカルト好きな変わり者の女が散歩してたってだけだったんだよ。

忘れるなよ」

「あぁ、そうだそうだ。そうでしたね」

――古川の名前を忘れるくらいなんてことないだろう。お前は乃亜のこと丸ごと忘れてるんだ。

　しかし彼を責めようという気にはならない。乃亜は勝手にこの世から姿を消したのだから。

「先輩なら瑠華ちゃんを助けてくれるんじゃないかって思って」

「まだ噂についてよくわかってないんだが、できる限りのことはするよ。フルネーム覚えてなくても可愛い後輩だからな」

「流石《さすが》、米田先輩っす」

「いや、正直まだ何もわかってないし、何もできないかもしれない。ただ、できる限りのことは調べてみるってだけだよ」

「それで十分です。先輩が調べてくれるってだけで、瑠華ちゃんも落ち着くと思います」

「あとお前もな」

「はは、そうですね」

「ところでさ」

「はい、なんすか？」

「山城って下の名前なんていうんだっけ？」

絶句する気配を感じながら、私は電話を切った。

古川の話を聞く前に私は投稿者から情報を集めることにした。

投稿者の三人は全員が都内在住ということだったが、そのうち二人は実際のところ身近に体験者がいたわけではなく、あくまで噂を聞いただけということで、メールに書いてあった以上に得られるものはなかった。

だが残りの一人は向こうから私に会って話したいと申し出てくれたため、喫茶店で顔を合わせて話を聞くことになった。


今回の情報提供者は三〇歳手前のサラリーマンで地方の国立大学を卒業後、東京で就職したという。

「改めまして、米田学と申します」

私は名刺を渡して、自己紹介をする。

濃紺のスーツを纏《まと》う駅員のような風体の彼は自身の名刺を差し出すことはなく、偽名だろうと思われる日本で二番目に多い苗字だけを口にした。

不審に思ったからという感じではなく、あまり関係を深め過ぎないようにしているのだろう。私に対して失礼な態度をとってくるというわけでもなかったので、特に何かを言うこともない。

――話が聞ければそれでいいしな。

それよりもいつもの喫茶店ではなく彼の職場最寄りの指定の店だったため、どうにも居心地が悪い。

店内に流れる音楽は流行りのJ－POPで、木製の椅子も洒落《しゃれ》てはいるが冷たくどうにも座り心地がしっくりこない。

だが彼が話し始めると仕事柄か身体の余計な感覚が消え、聴力が研ぎ澄まされる。

彼には結婚を考える恋人がいた。

だがある日彼女は姿を消してしまう。

だんだん彼女のことを忘れかけていたその時、視界の端に彼女の影がちらつくようになる。

しかし捉えることはできない。

その影に焦点が合わないのだという。

なんとなくボブカットで赤い服ということ、そして顔ははっきりと見えないがなんとなく彼女の雰囲気に近い気がする。

ストレスが徐々に溜まっていく。

幻覚のようなものを見ているのではないか。失恋のショックがあまりにも大きく、脳が彼女の存在を消そうとしたが上手くいっていないのではないか。そう考えると最近の出来事のすべてに説明がつく。

なんとか自分を納得させ、日常生活に戻ろうと努力をする。

このままの状態が続くようであれば、病院にかかることも検討しなければならない。

仕事にはとっくに支障が出ている。

手が震えて電話に出られない。会議で大事な話を聞き逃す。期日に書類が提出できないなど、今年度の査定は期待できない。

同期の中で役職に就いていない人間の方が少数派になりつつあり、そろそろ上にいきたいと思っていたのに、こんなわけのわからない理由で出世が遠のくのは耐え難かった。

ところが女の影は徐々に近づいてくるのだ。

視界の端に一瞬映り込む程度だったものが徐々に徐々に大きく、近くなってくる。

病院に行くかどうか、まごまごと決心できずに憔悴《しょうすい》しきっていたある日、書店で怪談本が目に留まったという。

普段は決して手に取ったりはしないが、この時はなぜかパラパラとページを捲ってしまった。

ふと一つの怪談が目に留まる。

それは身近な人間が急に消え、周囲の人間がそれをまったく気にしないというものだった。

解決までたどり着いた人もいるのではないかと実話怪談の本を読み漁《あさ》り、ネット上でまことしやかに囁《ささや》かれる都市伝説を追った。

それなりに時間をかけて探したが、まったく同じ経験をしたという人間は見つからなかった。

そうこうしているうちにも女の影はどんどん近づいてくる。

もはや日常生活はまともに送れないレベルになっていた。

こうして他人と会っているときは姿を現さないが、一人になるともう常に視界の端に佇《たたず》んでいる。

彼は限界を感じていた。

そしてたどり着いたのが私——米田学というわけだ。

この手の怪談にはたまにふらりと戻ってくるパターンもあるが、怪異となって見守る——見守っているのかはわからないが——というのはあまり聞かない。

昔話では鳥になって見守るだのというオチの場合もあるが、それはただそんな気がするという以上のものではないだろう。

彼は休職する勇気は持てなかったが、病院に行こうかと思っていたところ、ふと何かが玄関の前にいるような気がして、インターフォンのカメラを点ける。

画面には目が映っていた。

はっきりと。

こちらを見つめている。

カメラ越しに焦点など合うはずなどない。

だが、見ている。

今は画面越しだが、次はもう直接目が合ってしまうという確信がある。

これは幻覚ではない。

いる。

いてもたってもいられなくなり、『怪奇世界』の公式サイトの投稿ボタンを押すことにしたのだった。

「なるほど」

「信じてもらえるだろうか？」彼は言った。

「信じます」

基本的に明らかな悪戯《いたずら》でない限り、私は信じる。

勘違いや、投稿者が騙《だま》されている可能性もあるが、本人は実際に体験した――と思っている――のだし、体験談を聞いたのは確かなのだ。

――掲載するかどうかの判断は本当かどうかとは関係ないし。

「私はどうしたらいいんだろう」

それは独り言のようにも、私に尋ねているようにも聞こえた。両方だったのかもしれない。

私は霊能者ではない。ただのライターで取材をしているだけだ。

だが、このまま金券を渡して帰らせるのは忍びないと思い、役立つかどうかはわからないが、と前置きをした上でのアドバイスを送る。

まずは心霊現象かどうかは別にして病院に行くことをやんわり勧め、次に矢田部編集長から何か本当にヤバい案件に首を突っ込んでしまった時に相談するよう紹介してもらっていた霊能者の連絡先を教えた。

そして以前にその霊能者に取材を行った際に聞いた簡単な盛り塩結界の作り方を教える。

もう家まで怪異が迫ってきた以上、手遅れかもしれないしむしろ家の中に霊を留めてしまうリスクもあるが、何もしないよりはマシだろう。

私自身、霊の存在はあまり信じておらず、塩を撒いたりしたことはない。ということまではあえて言わなかったが、塩についても効果のあるなし、盛り方、食塩・粗塩のどちらを使うかはじめ、複数の説があり、自分が紹介するのはあくまで会社が懇意にしている霊能者が言っている方法だということは伝えた。

彼はちょっとでも効いたら儲けもんだと弱々しく言った。

「ところで、その赤い女が現れる前に、スマホのＡＩアシスタントに何か質問をしませんでしたか？」

「質問……はしてない」

「…………」

彼の言葉を待つ。

質問は。ということは、質問ではないものはしているのだろう。

「〝消えた彼女に会いたい〟と言った……と思う。消えた……だったか、いなくなっただったか細かい言い回しは覚えてないがだいたいそういうことを言った」

「何か返答はありましたか？」

「いや。最初から答えられると思っていたわけでもないし。ＡＩも〝死んだ〟と言われれば、何か頓智《とんち》が利いたことや、宗教的な返答ができたかもしれないが、消えたと言われると、その理由がわからないと答えようもないだろうしな。それに独り言のように呟《つぶや》いただけでそもそもＡＩも反応していなかったような気がする」

「なるほど。そうですか。ありがとうございます」

そして我々は別れた。

私は家路につく。あたりは暗くなるが都会の暗さは、明るい。

東京の道はやはり明るい上に煩《うるさ》い。自らの吐息と心音に雑音が混じって、考え事に集中できない。

二時間ほどもうろうろと遠回りをしたが、結局は私も赤い服の女を呼んでみるしかないのかもしれない。

それ以外には何も思いつかなかった。

怪談には、まったく何の関連性もなく全国各地で同じ現象が起こることもあれば、特定の場所、特定の条件下で起こるものもある。

今回は再現性がある。科学的な事象かもしれない。科学的に解明することはできなくても限りなく条件を近づけることはできる。

――帰るか。

私は自宅アパートの前に誰かが座り込んでいることに気づく。

「ん？」

電灯の下に女性が座り込んでいる。夕闇の中にぽっかりと沈む深夜のような黒髪。

乃亜よりも幽霊に近いその姿には見覚えがあった。

「どうしたの？」

私は古川瑠華に声をかける。

「あの、山城君から聞いてませんか？」彼女は立ち上がりながら言った。

「幽霊見たって話？」

「そうです」

「うーん、近くに喫茶店があるからそこで話そう」

「……はい」

私が歩き出すと、彼女が隣に並ぶ。

彼女の「はい」には幻滅がぶら下がっていた。

私と古川は深夜まで営業している近所の喫茶店で向かい合って座った。

山城と初めて会った店は二〇時に閉店してしまうため使えない。

「すみません、無断で家まで押しかけてしまって」

「いや、それはいいけど。山城に場所聞いたの？」

「そうです。大学の帰りになんとなく先輩の家の前通ろうって流れになって、その時に覚えました」

「なるほど。まぁ住所訊いたりはしないか。山城も場所はわかっても住所までは言えないだろうし」

「あたし、米田先輩に話聞いてほしくて」

「うん」

「見てしまったら、家が燃やされたり、殺されたりするっていう怪談の女の子見たんです。山城君の時みたいにあたしのことも助けてほしくて……」

彼女と私の視線が絡み合う。だが、その意図するところは違うのだろう。

彼女は烏《う》羽《ば》玉《たま》の黒髪を肩にかけ、ブラックのまま珈琲《コーヒー》を啜《すす》った。切れ長の目に睫毛《まつげ》がかかる。長くて濃い睫毛はカーテンのようだと思った。

「助ける、ね」

「なんだか歯切れが悪いですね」

私はこのまま彼女の怪談話を聞くべきかどうか迷っていた。

それよりも本当の目的を問いただした方がいいのではないだろうか。

――可哀想だが、仕方ない。

「どうしたの？　山城と喧嘩《けんか》でもしたの？」

すっと彼女の笑みが淫靡《いんび》なものに変わる。

「どうしてですか？　山城君とは仲良しですよ」

平然と言う彼女に不気味なものを感じる。この感情は恐怖の一歩手前くらいだろうか。嫌な感じだ。

「山城と別れたのかと思ったよ。うちに来ることはあいつには相談してないだろ？」

「言ったら大変ですからね」

「そうだろうね。あいつ純粋だからな。君が怪異を見たって信じてるみたいだったよ」

「先輩は信じてくれないんですか？」

「まぁ、信じるのは難しいよね」

彼女は嘘を吐《つ》いている。

噂になっている怪異は失恋した男の未練なのか、女の嫉妬なのか、呼び寄せるスイッチになるのは少なくとも投稿も経験談も、別れた相手への感情だった。

だが、古川にはそれがない。

となると、怪談を口実に私に会いに来ただけだろう。

しばらく私の目をじっと覗き込んでくる。見つめ合う、なんていうロマンチックなものではない。古川は小さく嘆息し、再び口を開く。

「やっぱりプロには嘘ってバレちゃうものなんですね。山城君なんてすぐに信じてくれたのに。

先輩に相談しようとか、お祓《はら》いに行こうとか大騒ぎでしたよ」

彼女は嫣然《えんぜん》と微笑む。

——不思議な子だな。

山城の実家に行った後は特に会うこともなかったし、彼女の名前もフルネームで覚えていないような私に執着する理由はなんだろう。

「そうだね。やっぱり創作怪談じゃなくて実話怪談の蒐集《しゅうしゅう》してるとなんとなく盛ってるなーとか嘘だなーっていうのはわかってくるよ」

「けっこう芝居上手かったと思うんですけどね」

「今回は上手い下手じゃなくて、その怪異を見るに至るまでの条件を君が満たしてないからってだけだよ。今流行ってるのじゃなくて、全然知らないタイプの怪異見たって相談だったら騙されてたかもね」

「なるほど。次からの参考にしますね」

「次はもうないよ」

「でも本当に怖い目に遭うかもしれないじゃないですか」

「僕はただの怪談雑誌のライターで霊能者でもなんでもないんだよ。どうも山城も君も履き違えてるようだけどさ」

「でも、山城君のことは助けましたよね」

「結果的にそうなっただけだよ。助けようとしたわけじゃない。僕は記事が書ければそれでよかった」

「なんだ。山城君の時みたいに怪談を口実にすればうちに泊まりにきてもらったり、泊めてもらったりできるんじゃないかって思ってましたよ」

「ははは。今までに体験者の家まで取材に行ったのは山城の時だけだよ」

「意外と真面目なんですね」

「どうだろうね。真面目だったら留年せずにちゃんと就職してるんじゃないか。まぁ不真面目だとしても相手の恐怖心につけ込むようなことはしたくないな。ところでなんで僕だったの？山城の実家に行ったときもそんなに二人きりで話したりしなかったろ。きっかけがよくわからないんだけど」

「それこそオカルトですよね。あたしが訊きたいくらいです。山城君って彼氏がいながら、どうしても米田先輩のことが気になって……いつの間にか好きになってました」

「そっか」

私はこういうときの対処法を知らない。

「ただ山城君と先輩と一緒に旅行して、彼の実家まで行ってみて、なんだか彼のことが頼りないなって、ちょっと幻滅したのは確かです」

「あんな田舎まで新幹線じゃなくてレンタカーだったしね」

冗談めかしたことを言ってみる。

彼女も破顔し、声が和らぐ。

「本当ですよ。新幹線使ったとしても行くの大変な距離なのに。結婚したらあそこが実家になるのはちょっと嫌だなぁって。あんなに憧れてたフィールドワークも実際に行ってみると楽しくなくて。行ったことでいろんなことがわかったのは良かったと思うんですけどね」

「あそこが実家になるのが嫌なのは結構だけど、僕と山城は同郷だからね。ちなみに」

――新幹線使えば四時間強で実家には着くから、同じ県とはいえ山城の実家よりは遥かに楽なんだけどさ。

「やっぱり、田舎もいいですよね」

「もう遅いよ」

私たちは夜の喫茶店で小さく笑いあった。そして彼女の手が誘蛾《ゆうが》灯《とう》に惹《ひ》かれるかのように私に向かって伸びる。腫物に触るように、そっと私の手の甲に触れる。

「今回のことごめんなさい。嘘を吐いて気を引こうとしました」

「うん」

「でも、諦めません」

「え？」

彼女が言わんとすることが一瞬理解できず、言葉が出てこない。

「あたし、今日話してみて思ったんです。やっぱり米田先輩のことが好きです。山城君とは別れます」

「別に山城と別れたからって付き合わないし、君のことを好きになるかもわからないよ」

「でも、先輩って彼女いないですよね？」

——彼女の中からも乃亜は綺麗さっぱりいなくなってしまったのか。

乃亜と古川が親しく話していた姿を思い出して、胸の奥にさざ波が走る。

「いない、のかな」

そう、恋人はいない。

いないのだが。

古川の背中越しのガラス窓から覗かれているような、乃亜が私を見守り、見張っているような。そんな気がしてならない。夜になると乃亜の気配が濃くなっていくように思える。

「じゃあ、まだチャンスはありますね」

「どうだろうね。僕にもわからない」

「大丈夫です。あたし結構しつこいんで。それに付き合えなくても恨んだりしないので心配しないでください」

「ははは。あんまり期待はしない方がいい。あと僕なんかより山城の方がずっといい男だよ。これは確かだから。まぁ、じっくり考えてみるといい。たまたま身近にいた年上の男がいいような気がしてるだけだと思うな」

「そんなことないですけど、この話は平行線になりそうなので今日はここまでにしましょう」

私が二人分の珈琲代を払い——後日、経費で落とすのだが——彼女を駅まで送っていった。

その間、私たちは仲の良い先輩後輩であり、後期の単位やサークルのことなど他愛もない話をした。

再び家への道程で私は決意した。

噂の怪異が乃亜なのか、そうでないのかはわからない。

だが、怪異でもいい。

――会いたい。


深夜二時。

駅前は酔いつぶれた学生たちで溢《あふ》れかえっているが、大学寄りの私のアパート近辺はようやく東京らしさが鳴りを潜め始めた。

おそらく東京であることを意識せずにいられるのは二時からせいぜい四時までだろう。

私はスマートフォンの音声認識ＡＩを呼び出す。

――消えてしまった彼女に会いたい。

単語を替えながら、何パターンも囁く。

「――会いたい」

すると、数回目でスマートフォンが反応しなくなった。

一瞬、画面の向こうから女に覗き込まれたような気がした。

だがスマートフォンは手放さず、握りしめる。都市伝説が真実であり、成功したという確信があった。

――来い、乃亜。
私はここ最近ずっと視線のようなものを感じてきた。
それは気のせいだったのか、乃亜への執着による錯覚だったのか。
だがこれで近づいてくるだろう。

私は爆発的に広がったこの怪談は乃亜の怒りのようなものではないかと考えていた。
怪談として広まれば私に自分の存在を強く認識させることができる。
そして違う男に呼び出されたことに腹を立て、危害を加えているのではないかと。
そんなことしなくても愛している、忘れないと伝えるのだ。
一緒にいるときから好きだった。
離れ離れになってからも好きになった。
一緒にいないのにだ。
オカルトチックだと思う。

翌日から私の視界の端にぼんやりとした女の影が映り込むようになった。
――なるほど。これは覚悟を決めていないと恐怖に耐えられないかもしれない。

徐々に徐々に近づいてくる。

ふと気を抜くと背後から刺されそうなイメージが湧いてくる。

風呂場の曇った鏡に赤い人影が映っていたときには、さすがに腰を抜かしかけた。


二週間経ち、もはや常に背後に存在を感じるまでになっていた気配がふと遠のいた。

――来る。

今晩来る。確信があった。どこかへ去ったわけではない。

油断させるためなのか、安心したところを攻撃するためなのか、理由はわからない。

しかし必ず来る。これは理屈ではない。

理屈ではないが、爆発的に広がったこの都市伝説をずっと蒐集、分析してきて、完全に一致しているということもある。

いざ乃亜――と思《おぼ》しき怪異――がやってくると思うと、恋愛感情と恐怖と緊張がないまぜになり、胸の奥でどろりとした澱《おり》になる。


大学を自主休講し、バイトも休み、家に閉じこもって待った。

アパートの裏手にある深夜〇時まで営業しているスーパーが閉店し、左右の部屋の住人も寝静まる。

カーテンが開け放たれた六畳一間のアパートは隣のマンションの灯《あか》りがわずかに差し込んで

くるがほぼ暗闇に包まれている。なぜか電気が点かないのだ。


コン……コン……コン。

玄関のドアがノックされる。

コン……コン……コン。


ノックなど律儀なことをする。そんなことしなくても勝手に入ってくればいい。

それとも吸血鬼のようにこちらから招き入れないと入ってこられないのだろうか。

先日は塩での結界の作り方を情報提供者に教えたが、私自身はそのようなものは作らないし、作ったこともない。

これまでに怪奇現象は何度も経験し、完全に実在を信じている。

だがそれは所謂《いわゆる》オバケだとかそういうものではない。異界から現実世界への干渉だ。

そして私は怪談ライターだ。

自分の身を危険に晒《さら》そうとも、怪異や異界からのメッセージに触れたい。


ノックが止まった。

——鍵は開いてるよな。

私は鍵をかけてはいなかったが、怪異は普通にドアノブを回して入ってくるものなのだろうか。

　火を放つというパターンもあったが、部屋までは入ってこずに急に火の手が上がるのだろうか。

　私はノックによって出鼻を挫《くじ》かれたような気分になった。

　――乃亜らしいというか、なんというか。


　しかし、私はふと嫌な予感がして、ドアスコープから外を覗かんと立ち上がる。

　インターフォンはあるが、電池式で音が鳴るだけ。

　外の様子を窺《うかが》うためのモニターなどはついていない。

　築数十年でリフォームも入っていないので設備は昭和から受け継がれてきている。

　私は玄関で膝立ちになり、そっと郵便受けから外の様子を窺う。

　そこには何もない。

　――やはり実体はなく、先ほどのノックもラップ音みたいなものか。

　と、その瞬間向こう側からこちらを覗き込まれる。

「うっ」

　私は思わず腰を抜かしてしまう。

　向こうからこちらを覗き込む目。

　あれは乃亜のものではない。それだけは瞬時に認識できた。

私はふらつく脚で玄関のドアから離れる。
必死に太ももに力を入れるが、力が入らない。
――なんだ、あの目は。誰だ？
文字通り這《ほ》う這《ほ》うの体でベッドにたどり着き、呼吸を整える。
が、しかし。
ふと顔を上げると、部屋の中心に女が立っていた。
髪型や体格はたしかに乃亜に似ているような気がする。
だが、その顔《かんばせ》は似ても似つかぬもの。
その瞳に宿る憎しみはこの世のすべてを恨むかのようだった。
声を発しようとするも、喉に石でも引っかかっているように言葉も音も出てはこない。
痺《しび》れたようにまったく手足に力が入らない。
乃亜になら殺されてもいいと思っていた。
だが、こんなわけのわからない、恨まれる謂《いわ》れもないものに殺されるのはごめんだ。
――これで死んだら、僕も化けて出るしかないな。
最後の瞬間にこんなくだらないことしか考えられない。
女の手がゆっくりと私の首に向けて伸ばされる。
尋常ではない熱を感じる。まるで火を点けた松明《たいまつ》が近づいてくるようだ。

このまま私もこのアパートも燃えてしまうのだろうか。

なすすべなく、この手を受け入れようとしていたのだが――。

突如、ガラス窓から別の白い手が伸びてきた。

――え？

見覚えのある細腕は女の腕を摑むと、窓ガラスの中に引きずりこんでいく。

これがもし六畳一間でなかったら。

ベッドを窓際に置いていなければ。

あの手は空を切ったことだろう。

赤い服の女は何かしらを叫び手足を赤ん坊のようにばたつかせるが、摑まれた右腕からじわじわと溶けるように窓ガラスの奥へと吸い込まれていく。

血走った目が私を睨《にら》みつけてくる。

私は女の向こう側をじっと見つめる。

――助けてくれたのか。

こんな形での再会は予想していなかった。

――でも……いや、そうか。この家で感じる不気味な視線は隣のマンションの管理人のものだけじゃなかったんだな。

視線や気配を感じるこの家もまた異界に近く干渉しやすい重なりの強い場所だったのだ。

乃亜もあちらからずっとストーカーのように覗き見ていたのかもしれないし、別の何かなのかもしれない。

冷静にそんなことを思う。

そして女の姿が完全に消えた後、ガラスの向こうに一瞬だけ〝彼女〟の姿が浮かぶ。

彼女は私が似合うと言ったあのゴブラン柄のワンピースを身にまとっていたことに気づく。

「助けてくれて、ありがとう」

腰を抜かしたまま言った。

だが、彼女は何も言わない。

微笑を浮かべ、ふっと姿を消した。

恐怖で全身が冷え切っているのに真夏のように汗だくになっていることに気づく。

あっという間だったが、一生自分の記憶に刻み込まれるだろう濃度の出来事だった。


ふとベッドの上で我に返る。

愁嘆場《しゅうたんば》にすることもできず、茫然《ぼうぜん》と腰を抜かす自分が間抜けで、醜くて、情けなくて。

胸の澱があふれ出しそうだ。

だが泣く資格もない。

こんな状況になるまで、彼女のことを愛していたのだと確信を持てず、こちらに引き留めることもあちらに自分が留まることも選べなかった私に泣く資格などないのだ。

乃亜はただ見守ってくれていただけなのに。

怪談になってまで自分を追っていると、〝あちら側〟に呼び込もうとしていると決めつけた。

こんなクズの何が良くて見守ってくれていたのか。

そして怪異を呼び込み、自らを危険に晒した間抜けを救ってくれた。

――あぁ、駄目だ。ごめん。少しだけ泣かせてくれ。

私はベッドから転げ落ち、床に突っ伏して泣いた。

泣いても何も変わらない。私からは彼女のことが見えない。

でもきっと彼女は異界からずっとただ私を見つめている。

これからもずっと。


数日後――。

女性の焼死体が関東北部の山中で発見され、間もなく犯人――元交際相手の男性――も逮捕されたというニュースが報じられた。

女性は生きたままガソリンをかけられ、火を点けられたのだという。

被害者の写真は殺害された当時に着ていたのかはわからないが赤いワンピースで、髪型はボブカットだった。

無理やり関連付けて考えるのであれば、殺された憎しみと誰かに見つけてもらいたいという気持ちが怪奇現象として現れた、というような話を作ることはできる。

その物語が正しかったのか、ただのこじつけにすぎないかはわからないが、いずれにしても焼死体発見のニュースの後、あの怪談の投稿はぱったりとなくなった。

エピローグ

私は就職活動の準備を始め、操山出版のアルバイトを辞めた。

とはいえ、外部のライターとしてこれからも記事は寄稿し続けるので、単純に会社に頻繁に通わなくなり、雑用から解放されただけだ。

完全にかかわりを断ったわけではない。

編集長にはいつ戻ってきてもいい、その際は正社員待遇で雇うと言われているので、正確には辞めたというより休んでいるような状態といってもいい。

だが私はなんとなく操山出版に就職することはないような気がしている。

労働環境が整えられつつあるこのご時世において残業代がつかず、ボーナスもないような会社だからというわけではない。たぶん。

そして今日は私のデビュー作の打ち合わせで操山出版を訪れていた。

フロアの端に四人掛けのテーブルがあり、そこで矢田部編集長と膝をつき合わせて、何をすればいいのかの説明を受けていた。

「校了だけは雑誌と同じで俺がやってやるが、あとは全部自分でやってみろ。やり方は教えてやるから」

「はい。でも、全部っていうのは……全部？」

「全部だよ。一冊一人で作ってみたら、書籍の編集もできるようになるからな」

書籍の編集はやってみたいと思ってはいたが、できるようになってどうだというのだろうか。

たしかに、どこの新卒採用試験でも自分が雑誌に連載していた実話怪談の記事を一冊の文庫にし、なおかつ自分で編集まで担当したといえるのは他の学生と差がつくエピソードかもしれない。

もしかして、編集長は私を編集者にするつもりなのだろうか。

――ここに就職するつもりはないんだけどな。

「おい、話聞いてるか？」

「あ、はい聞いてます」聞いていなかった。

「入稿は雑誌とちょっと違うからな。ルビ指定のやり方は一緒だが、総扉、目次が入る。あと何ページ目から本文を起こすのかや見出しに何行分とるのかは自分で決めろ。奥付も忘れずに入れろよ」

私は必死にメモをとりながら、説明を聞く。

一通りの説明を受けたあと、私は会社に出入りするライターや編プロの人たちが使うデスクで作業を始める。

「そういえば、書き下ろしで収録する、赤い服の女の話な」

「はい」

「あれはなかなか良かったな」

編集長はそう言うと、私の「ありがとうございます」を最後まで聞かずにどこかへ行ってしまった。

きっと早すぎる夕食だろう。さらに夜は夜で食事を摂るのだ。そのくらいしないとあの三桁の体重は維持できまい。

そして足抜けには身代わりのバイトを置いていかなければならないという伝統――ルール――にはきちんと従っていた。

今まで私が使っていたデスクでお下がりのノートPCを新人がおっかなびっくり触っている。

キーボードを見ながらタイプし、追っかけディスプレイに表示された文章を確認している。

あんなやり方では時間がかかって仕方がないだろう。

「山城さぁ、タイピング遅くないか？」

私は金髪の新人に声をかける。

「仕方ないじゃないですか。パソコンなんてあんまり触らないんで」

「はぁ？　触らないって、レポートとかどうしてるんだよ？」

レポートの提出をする必要がない科目しか受講していないわけではないだろう。

「いや、スマホっすね」

「ちゃんとレポート書けるのか？」

「スマホで下書きして、それを学校のＰＣルームでコピペして終わりです。そりゃ、見直しはしますし、誤字とかあったらそのときはパソコンで直しますけど。こんな一から十まで全部キーボードで打つことはないです」

「なるほどなぁ」

　山城が仕事に慣れるにはちょっと時間がかかるかもしれない。

「本当に不器用ね、米田君と同じくらい出来るようになるまでは時間かかるかもね」

　そう言って、杉本さんが肩を竦《すく》める。

「僕も同じこと思ってましたよ」

「二人とも酷《ひど》いですよ。でも俺、冬休みは毎日通ってすぐに仕事覚えるんで！　米田先輩がいなくなっても問題ないってみんなに早く思ってもらえるよう頑張ります！」

「昨日、矢田部さんに叱られてベソかいてたのにね」

「先輩の前でそれ言わないでくださいよー、杉本さーん」

　私は杉本さんとの距離を縮めるまでに時間がかかったが、山城の様子を見ているとすぐに馴染めそうではあった。

　意外と山城は上手くやれるのかもしれない。取次に行っている東さんにも可愛がられていると聞く。

バイトを紹介した時には、面倒ごとを押し付けてしまったのかもしれないと思ったが、罪悪感が薄らいだ。

——しばらくは文庫の作業で通うことになりそうだし、丁寧に仕事の引継ぎしてやろうかな。


山城の仕事終わりにあわせて、二人で会社を出る。

気温はぐっと下がり、陽が落ちるのも早い。

私はひ弱な性質《たち》なので、分厚いチェスターコートにマフラーを巻いているが、山城は薄手のウィンドブレーカー一枚だ。

「仕事は慣れた？」

「叱られてばっかですよ」

「最初はそんなもんだよ。僕も沢山叱られた」

「米田先輩でも叱られることってあるんですか？」

「あるだろ、そりゃ」

「ちょっと安心しました」

「そりゃよかった」

だが、安心してもらったところ申し訳ないが、働きぶりを見ているとおそらく彼は私が叱られた総量の五倍は卒業までに叱られることになりそうだ。

「ところで先輩の本っていつ頃出るんですか？」

「三月かな」

「出版記念のお祝いしますね」

「いらないよ」

「そういうわけにはいかないですよ。瑠華ちゃんもやりたいって言ってますしね」

「古川とはうまくいってるの？」

干渉するつもりはないのなら訊くべきではないと思ったが、それでもやはり心配はしていたので思わず訊いてしまう。

二人が別れたという話は聞いていないが、だからといって二人の関係が旅行前と同じまま維持されているとも考えにくかった。

私はまっすぐ前を向いて歩く。

山城が今どんな表情をしているのかはわからない。

「正直、あんまりうまくはいってないですね」

「そっか」

「わかりますか？」

「まぁ、なんとなく。最近、古川の話あんまりしないし」

私自身も自分がどんな表情でこれを言っているのかわからない。無表情だとは思うが、変にひきつっているかもしれない。

「いつの間にかよそよそしくなったのは確かですね。俺鈍いんで何が原因だったのかとか全然心当たりなくて。悪いところあったら直すから教えてほしいって言うんですけど、何も言ってくれなくて」

「そっか」

　何かを言ってやりたいという気持ちはあったが、本当のことを言う勇気はなく、一方で綺麗な嘘も吐《つ》けず、曖昧な相槌《あいづち》を打つことしかできなかった。

「先輩はどう思います？　何か心当たりとかありますか？　俺なんか失敗しましたか？」

「客観的に見てる限り、山城は別に何も失敗してないと思うけどね。古川の内面の問題なんじゃないかな？　女の子が何考えてるのかなんてわからないものだよ。あと気づいた時には大抵手遅れだよね」

「経験談ですか？」

「お、山城にしては鋭いね。僕も同じようなことがあったよ。付き合ってた女の子がずっと考えてたことがあってさ、僕に対してそれを伝えようとしてくれてたんだけど、結局気づけないままでね。お別れすることになったんだ」

「今のままだと俺もそういうことになりそうです」

「そうか」

「先輩は別れた後ってどうしました？」

「あぁ……なんか、お前みたいな奴にはあんまり言いたくないんだけど」

「いやいやいや、言ってくださいよ」

「今は彼女が何考えてたのかなんとなくわかるんだ。僕も彼女もお互い嫌いになって別れたわけじゃないし、むしろお互いに好きだったってこともわかったから……いつか会いに行こうと思ってるよ」

私たちはいつもラーメンやカレーを食べてから、ゲームセンターで時間を潰すのだが、この日はまっすぐ駅へ向かい解散した。

乃亜がいなくなっても何かが大きく変わったわけではない。

彼女がいないだけの、いつもの日々が続いていくだけだ。

二人一緒だと幸せになれなかったのかもしれない。

乃亜の言う〝ずっと〟の意味が私にはよくわかっていなかった。

今も理解はできても納得はできていない。

現実世界を捨てて〝あちら側〟に彼女を追っていく覚悟はできない。

これでいいのだと思う。今は。

いつかこの身体や時間を捨てて彼女のもとに行くのかもしれないし、こちらの世界で一緒に終わりを迎えるために連れ戻しに行くのかもしれない。

ただ、彼女を愛している。

今はこれでいい。

これでいいのだが、寂しさが消えてなくなるわけじゃない。

しかしある日、ふと寂しさを感じていない時があることに気づいた。

もう彼女と一緒に深夜出歩くことも、オカルトスポットや奇祭を訪れることもないのだが、きっと彼女はいつまでも私を見つめているのだろう。

そのことに気づくと、夜が待ち遠しくなる。

私はまだ彼女のもとに行くことはできないと思いながらも、いつも行く方法を考えている。

神隠しや異界と繋がる怪談を蒐集《しゅうしゅう》している。

彼女は私を待っているのだ。

一緒にいるわけではない。

しかし——。

夜道を歩く時、彼女が隣にいる気がしてならない。

★本作はWeb小説サイト「カクヨム」に掲載された作品を加筆修正したものです。

和田正雪（わだ　しょうせつ）
1987年生まれ。岡山県出身。早稲田大学教育学部国語国文学科卒。2023年、Web小説サイト「カクヨム」投稿作に改稿を加えた『夜道を歩く時、彼女が隣にいる気がしてならない』（本書）でデビュー。

夜道《よみち》を歩《ある》く時《とき》、彼女《かのじょ》が隣《となり》にいる気《き》がしてならない

2023年４月24日　初版発行

著者／和《わ》田《だ》 正雪《しようせつ》

発行者／山下直久

発行／株式会社KADOKAWA
〒102-8177　東京都千代田区富士見2-13-3
電話　0570-002-301（ナビダイヤル）

印刷所／旭印刷株式会社

製本所／本間製本株式会社

ISBN 978-4-04-113448-1　C0093